마술 가게

The Magic Shop

호르헤 루이스 보르헤스
Jorge Luis Borges 1899~1986

바벨의 도서관

성서는 인류의 모든 혼돈의 기원을 바벨이라 명명한다. '바벨의 도서관'은 '혼돈으로서의 세계'에 대한 은유이지만 또한 보르헤스에게 바벨의 도서관은 우주, 영원, 무한, 인류의 수수께끼를 풀 수 있는 암호를 상징한다. 보르헤스는 '모든 책들의 암호임과 동시에 그것들에 대한 완전한 해석인' 단 한 권의 '총체적인' 책에 다가가고자 했고 설레는 마음으로 그런 책과의 조우를 기다렸다.

'바벨의 도서관' 시리즈는 보르헤스가 그런 총체적인 책을 찾아 헤맨 흔적을 담은 여정이다. 장님 호메로스가 기억에만 의지해 《일리아드》를 후세에 남겼듯이 인생의 말년에 암흑의 미궁 속에 팽개쳐진 보르헤스 또한 놀라운 기억력으로 그의 환상의 도서관을 만들고 거기에 서문을 덧붙였다. 여기 보르헤스가 엄선한 스물아홉 권의 작품집은 혼돈(바벨)이 극에 달한 세상에서 인생과 우주의 의미를 찾아 떠나려는 모든 항해자들의 든든한 등대이자 믿을 만한 나침반이 될 것이다.

웰스는 모든 공상과학소설을
반세기 앞서 예시하고, 그것을 넘어선다.

호르헤 루이스 보르헤스

† 보르헤스 세계문학 컬렉션 †

마술 가게

허버트 조지 웰스
하창수 옮김

바다출판사

Herbert George Wells

1866-1946

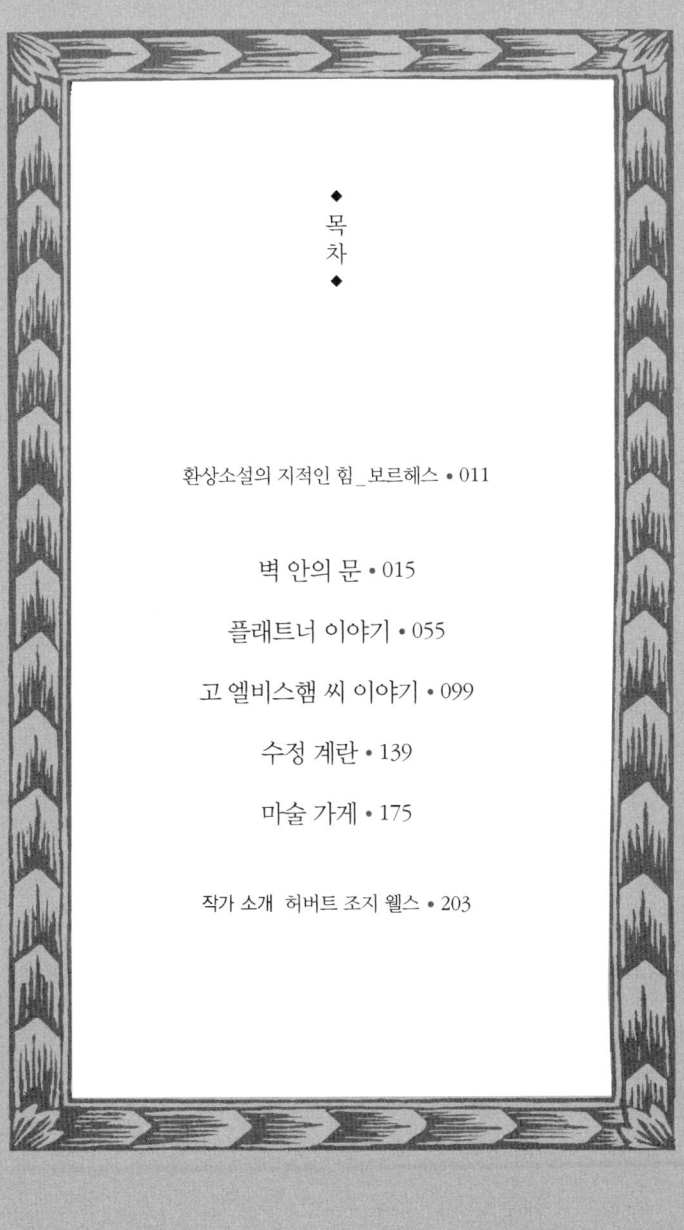

◆
목
차
◆

환상소설의 지적인 힘

호르헤 루이스 보르헤스

허버트 조지 웰스는 1866년 켄트 백작령에서 태어나 1946년 런던에서 사망했다. 그의 부친은 잡화점 주인이었고, 이것이 웰스의 첫 직업이었다. 그는 초등학교 교사로 1893년까지 학생들을 가르쳤다. '다윈주의의 불독'이라는 별명을 가졌던 토머스 헨리 헉슬리가 그의 스승이었다. 그 당시 웰스는 고독과 가난과 폐결핵을 겪었다. 그의 첫 작품의 제목은 흥미롭게도 〈어느 아저씨와의 정제된 대화Selected Conversatios with an Uncle〉이다. 1895년 발간된 《타임머신》은 이후 나올 모든 공상과학 소설들을 반세기 앞서 예시하고 그것을 넘어선다. 웰스는 자신의 아픔을 그 잊을 수 없는 악몽들로 변모시켰다. 그 작품들이 《기이한 방문》,《모로 박사의 섬》, 《투명인간》, 《우주 전쟁》, 《달에 간 최초의 사람들》, 《신의 식량》이다. 조지 버나드 쇼처럼, 그도 전술가 퀸토 파비오 마시모Quinto Fabio Massimo에서 이름을 따온 페이비언 협회 소속이었다. 그의 작품 《공개된 음모The Open Conspiracy》에서 웰스는 여러 정부가 여러 국가를 세워 세상을 분할한 것은 완전히 독단적인 횡포이며, 선한 의지를 가진 사람들은 그 사실을 깨닫고 국가 조직들로부터 분리되어 나올 것이라고 주장했다. 국가와 정부는 해체될 것인데, 혁명 때문에 해체되는 것이 아니라 사람들이 국가와 정부가 인위적이라는 사실을 깨닫게 되기 때문이다. 웰스는 전 세계 작가들의 단합을 도모하고자 설립된 펜클럽 창립자들 가운데 한 명이었다. 말년에 웰스는 자신의 환상적인 상상력을 의도적으로 버리고 인류를 가르치고자 백과사전적인 작품들을 집필했다. 국민들을 교육시키고자 자신의 화려한 문체를 버렸던 러스킨의 경우를 떠올려 보자. 1934년 웰스는 《자서전 실험Experiment in Autobiography》을 발간했다. 이 작품에서 웰스는 자신의 천한 출신, 불행했던 청소년기, 학업 과정, 두 번의 결혼, 파란만장했던 내면의 삶 등을 이야기했다.

일레르 벨록은 웰스가 지방의 영국인이라고 비난했다. 웰스는 이렇게 대답했다. "벨록 선생, 당신은 전 유럽에서 태어난 모양이군요." 아나톨 프랑스는 웰스에 대해 "영어권에서 가장 지적인 힘"이라고 말했다. 웰스는, 환상소설은 한 가지 환상적인 사실만을 포함해야 한다고 생각했다. 그런 생각은 경이로운 일을 쉽게 믿지 않는 의심 많은 시대에 상응하는 말이다. 그는 《투명인간》을 썼는데, 거기서 투명인간 하나만을 제시했다. 《우주 전쟁》도 썼는데, 그 테마는 화성인이 지구를 침입한다는 내용이다. 그러나 그는 우리들의 상상력은 보이지 않는 화성인 군대라는 과도한 개념, 공상과학이 좋아하는 개념을 거부할 거라고 생각했다.

우리가 선택한 단편들은 이 신중한 원칙에 따른다. 단편들이 보여 주는 환상의 기적은 훨씬 더 명확하다. 런던에서 전개되는 〈벽 안의 문〉은 어렴풋이 알레고리를 보여 주는데, 알레고리는 웰스에게 익숙하지 않은 것이다. 작가의 자서전 격인 이 단편은 그 황폐한 지연을 통해 우리 모두의 자화상을 보여 준다. 《타임머신》처럼 〈플래트너 이야기〉는 사차원의 가설로 슬픈 가능성을 만들었다. 또다시 영웅은 외롭다. 닮은 사람이라는 오래된 테마를 멋지게 변화시킨 작품이, 아주 잔인하기 그지없는 〈고 엘비스햄 씨 이야기〉이다. 아주 다른 두 요소들을 〈수정 계란〉에서 찾아볼 수 있다. 주인공의 슬픈 상황과 우주를 향한 예견할 수 없는 발사를 이야기한다. 나의 단편 〈알레프El Aleph〉를 쓸 때 이 작품을 어렴풋이 떠올렸다. 〈마술 가게〉는 악몽을 꾸다 다시 깨어 독자를 안심시킨다. 쥘 베른의 단순한 예측과는 달리 웰스는 자신의 꿈이 실현되지 않기를 바랐다. 사실 누구도 인간으로 변신

하는 동물이나 미래를 탐험할 수 있는 기계를 예상하지 못한다.

한 가지 중요한 예외가 있다. 사람들은 달에 갔다. 그러나 카부르와 그를 버렸던 친구는 계속 기억 속에 살아 있고, 1960년대의 우주비행사들은 지나친 광고 때문에 선거 캠페인이나 축구 시합처럼 이미 통속적이고 비현실적이 되었다는 사실을 생각해야 할 필요가 있다.

20세기 초에 웰스를 발견한 것이 아쉽다. 지금 그를 발견하게 된다면, 그 아찔하면서 때때로 끔찍한 행복을 다시 한 번 느낄 수 있을 텐데 말이다.

Jorge Luis Borges

벽 안의 문

1

아직 석 달이 채 지나지 않은, 꼭 무슨 일이 일어날 것만 같았던 어느 날 저녁, 라이어닐 월리스는 내게 '벽에 붙어 있던 문'에 대해 얘기해 주었다. 이야기를 듣는 순간 나는 그것이 그가 직접 겪은 일이라는 사실을 직감했다.

에두르지 않고 단도직입으로 털어놓는 그의 고백에 믿지 않을 도리가 없었지만, 집으로 돌아와 다음 날 아침 눈을 떴을 때 나는 뭔가 이상한 기분이 들었다. 침대에 누운 채로 나는 지난밤 그가 내게 들려주었던 이야기를 떠올렸다. 더할 나위 없이 진지한 그의 느릿한 말투와 어둠을 뚫고 탁자 위를 비추던 등불, 그를 둘러싸고 있던 음산한 기운과는 대조적으로 화사한 물건들, 함께 저녁 식사를 하고 나서 먹었던 디저트와 유리잔, 테이블보, 그것들이 만들어 낸 밝고 환한 조그만 세계는 매일 똑같이 반복되는 현실을 완전히 지워 버린 것 같았다. 솔직히 말하자면, 내가 보았던 그 모든 것이 믿기지 않았다.

"그 친구는 뭔가에 홀려 있었던 거야!"

나는 혼잣말로 중얼거렸다.

"기가 막힌 연기였어!…… 누구도 그 친구처럼 잘 해낼 순 없을 거야."

그러고는 침대에서 일어나 앉아 차를 찔끔찔끔 마시면서 나는 전날의 그 믿기 힘든 기억들 속에서 그래도 뭔가 현실성 있는 것을 찾아보려고 애썼다. 그 기억들은 내게 뭔가를 말하려는 듯했지만 그게 뭔지는 정확히 알 수가 없었다. 어쩌면 그건 말로는 설명 불가능한 경험일지도 몰랐다.

그래, 지금은 설명할 수가 없을 것 같다. 제대로 설명을 하자면, 자꾸만 앞을 가로막는 의심이란 놈을 말끔히 걸어 내야 할 것이다. 그러나 그가 얘기를 털어놓던 당시에도 그랬지만 지금도 나는 여전히 윌리스가 자신의 비밀을 내게 숨김없이 털어놓았다는 것을 믿는다. 하지만 그가 정말 제 눈으로 보았던 것인지, 아니면 단지 보았다고 생각할 뿐인지, 그리고 그가 보통 사람들의 눈에는 보이지 않는 것을 볼 수 있는 능력을 가졌는지,

아니면 단지 환각의 희생자였을 뿐인지, 나는 짐작조차 할 수가 없다. 더구나 그가 더 이상 이 세상 사람이 아닌 지금, 내게 남겨진 의혹들은 영원히 어둠에 갇혀 버린 꼴이 되고 말았다.

판단은 독자들 몫으로 남겨 둘 수밖에 없다.

한 과묵한 사내가 어떤 이유로 자신의 비밀을 내게 털어놓으려 했는지, 그리고 왜 내게서 충고나 비판 따위를 구하려 했는지에 대해서는 정확히 기억나지 않는다. 아마도 자신이 수행하고 있던 공직과 관련해서 내가 자신에게 실망했을 거라고 여겨서 어떻게든 그것에 대해 변명 같은 걸 하고 싶어 하지 않았을까 짐작할 뿐이다. 하지만 그가 불쑥 꺼낸 얘기는 뭔가 달랐다.

"긴요한 일이 하나 있는데……."

그는 얘기를 하다 말고 담뱃재를 유심히 바라보고 있다가 다시 말을 이었다.

"너무 가볍게 생각했던 것 같아. 이건…… 분명한 건, 유령이나 허깨비 같은 건 아니란 거야. 하지만 말하기가 참 거북하군. 레드먼드, 난 말이야, 뭔가에 사로잡혀 있다네. 무언가로부터 나온 빛에 갇혔다고 할 수도 있고, 어떤 것에 대한 그리움으로 내 가슴이 가득 채워져 있는 것 같기도……."

거기서 그는 다시 말을 끊었는데, 그건 감동을 받거나 혹은 엄숙하거나 아름다운 뭔가를 보고 자신의 느낌을 표현하려 할 때 언급을 자제하는 전형적인 영국인의 태도였다.

"자넨 줄곧 성 아셀스탄 재단의 학교들을 다녔지⋯⋯."

그는 한동안 본론과 별 상관없어 보이는 얘기들을 늘어놓기 시작했다.

"그런데⋯⋯."

그는 다시 말을 끊었다. 그러고는 마침내 자신의 삶에 대해 그동안 숨겨 두었던 얘기들을, 처음엔 좀 주저하는 듯했지만 시간이 갈수록 편안하게 털어놓기 시작했다. 그것은 모든 세속적인 흥미와 관심거리들을 지루하고 공허하고 허무하게 느끼도록 만든, 아름답고 행복이 충만한 어떤 추억과 관련된 것이었다.

지금 내가 하려는 이 미스터리한 이야기를 풀어내는 단서는 당시 그의 얼굴에 그대로 쓰여 있었다. 그것은 초연한 표정으로 찍힌, 명암이 또렷한 한 장의 사진과 같다. 그리고 그것은 언젠가 그에 관해 해주었던 어떤 여자의 말을 생각나게 한다. 그녀는 그를 무척이나 사랑한 여자였다.

"갑작스런 일이었어요. 그 사람은 모든 일에 흥미를 잃어버렸죠. 당신조차 잊어버리고 있었어요. 설사 당신이 바로 코앞에 있었다 해도 전혀 상관하지 않았을 거예요."

무슨 일에든 흥미를 느끼지 못한다는 건 그에겐 흔한 일이 아니었다. 윌리스는 어떤 일에 집중하면 반드시 그것을 완벽하게 이루어 내는 사람이었다. 그 친구만큼 성공으로 점철된 인생을 살아온 사람은 없었다. 이미 오래전에 그는 나로서는 따라잡을 수 없는 인물이 되어 버렸다. 그는 내 머리 위로 한참이나 솟구쳐 올라서, 내가 아무리 발버둥을 쳐봐도 도달할 수 없는 위치에서 두각을 나타내고 있었다. 게다가 그는 아직 마흔 살이 되려면 한 해가 남았고, 살아 있었다면 자신의 부서에서 능력을 발휘하는 건 물론이고, 새로 구성될 정부 내각에 입각할 수도 있는 능력의 소유자였다.

학창 시절의 그는 별 노력을 기울이지 않고도 성적은 늘 나보다 위였는데, 이를테면 그건 선천적인 차이라고 할 수 있겠다. 우리는 웨스트 켄징턴에 있는 성 아셀스탄의 단과대학을 함께 다녔는데, 입학 당시엔 그저 동급생에 불과했지만 그는 곧 장학금이라는 광휘와 뛰어난 성적을 앞세운 채 나를 멀찍이 앞서 나갔다. 그에 비한다면 나는 그저 평균 정도의 성적을 내는 학생에 불과했다. 그런 내가 그로부터 '벽 안의 문'에 대해 맨 처음 얘기를 들은 건 대학 시절이었고, 그가 세상을 떠나기 불과 한 달 전에 그 얘기를 다시 듣게 되었던 것이다.

벽 안의 문은 적어도 그에게만큼은 불멸의 세계로 들어가는, 실제로 존재하는 문이었다. 그것만큼은 지금도 확신할 수가 있다. 처음 그 문이 그의 삶에 나타난 것은 대여섯 살 정도의 어린 시절이었다고 했다. 가만히 앉은 채로 자신의 얘기를 털어놓으며 정확히 날짜를 짚어 내던, 엄숙함이 깃든 그의 느릿한 목소리를 나는 또렷이 기억한다.

"담벼락엔 붉게 물든 담쟁이덩굴이 붙어 있었네. 진노랑의 밝은 햇빛이 비치고 있던 하얀 벽 위의 그 담쟁이덩굴은 마치 붉은색 유니폼처럼 빛나고 있었지. 내게 어떻게 그 일이 일어난 건지는 정확히 기억할 수 없지만, 그 장면만큼은 아주 인상적이었다네. 초록색 문 밖의 깨끗하게 포장된 도로 위엔 마로니에 잎들이 떨어져 뒹굴고 있었지. 그 잎들은 아직 갈색으로 변하지 않고 황록색을 띠고 있었는데, 떨어진 지 얼마 되지 않은 게 분명했어. 그건 그때가 아직 시월이라는 얘기지. 해마다 그 무렵이 되면 난 마로니에 잎들을 주우러 다녔으니까. 내 기억이 정확하다면, 그때 내 나이는 다섯 살하고 4개월째였을 거야."

그의 말에 따르면 그는 무척 조숙한 아이였다. 이상하리만치 어린 나이에 말문이 트였던 그는 무척 조리가 있어서 사람들로부터 심지어 '애어른'이란 소리까지 들었다고 했다. 일고여덟 살짜리에게도 거의 주어지지 않는 발언의 기회까지 얻을 정도였다. 태어나고 곧바로 모친이 세상을 떠났으므로 그는 보모의 손에서 자랐는데, 덕분에 까다롭거나 엄격한 분위기는 비교적 덜했다. 변호사 일에 충실했던 그의 부친은 자식에겐 그다지 주의를 기울이지 못했지만 아이에 대한 기대만큼은 무척 컸다. 어린시절 그의 생활은 겉으로 보기엔 밝은 분위기였지만 실제로는 무미건조했다. 어느 날부터인가 무작정 길거리를 돌아다니기 시작한 것은 그 때문이었다.

그를 떠돌도록 만든 게 무엇이었는지, 그리고 웨스트 켄징턴의 어떤 길들을 헤매고 다녔는지에 대해서는 그는 제대로 기억하지 못했다. 마치 기억에 치명적인 손상을 입은 듯 그 모든 것들이 희미해져 버렸다고 했다. 그에 비한다면 그 하얀 벽과 초록색 문만은 너무도 또렷한 모습으로 서 있었다.

어린 시절 겪었던 일들에 대한 기억이 멀리 달아나 버리긴 했지만, 처음 그 문을 보았을 때의 특별했던 인상과 매혹적인 자태, 문을 열고 안으로 들어가고 싶었던 열망이 얼마나 간절했는지는 정확히 기억할 수 있었다. 또한 그런 유혹에 빠져드는 것이 현명하지 못하거나 잘못된 것이라는 분명한 확신도 함께 갖고 있었다. 기억이 만들어 낸 속임수에 놀아나는 것이 아니라면, 처음 그 문을 발견했을 때 그것은 잠겨 있지 않았으며 마음만 먹으면 얼마든지 안으로 들어갈 수 있었노라고 그는 주장했다.

문을 열고 안으로 들어가려는 욕망과 싸우고 있는 어린 소년의 모습이 손에 잡힐 듯 아른거린다. 소년은 잘 알고 있었다. 비록 왜 그런 생각이 들었는지는 요령 있게 설명할 자신이 없었지만, 만약 문을 열고 안으로 들어간다면 아버지가 무척 화를 내시리라는 것을.

월리스는 문 앞에서 머뭇거리던 당시의 정황들을 아주 자세하게 들려주었다. 그는 두 손을 주머니에 찌른 채 소년 특유의 어색한 휘파람을 불며 문 앞으로 다가가서는 다시 오른쪽 벽이 끝나는 곳까지 천천히 걸어갔다. 그는 길거리에 늘어서 있던 초라하고 누추한 가게들, 배관공과 도배장이들, 그리고 먼지가 잔뜩 낀 토관土管과 납으로 된 부구판,✦ 책으로 묶어 놓은 벽지 견본과 에나멜 깡통들이 어지럽게 널려 있는 모습들에 대해 얘기했다. 그런 것들에 짐짓 관심이라도 있는 듯 살펴보는 척하며 서 있긴 했지만, 소년 월리스가 미칠 듯 갈망하고 있는 것은 당연히 초록색의 문이었다.

그는 당시 자신의 가슴에 열망의 폭풍 같은 것이 일고 있었노라고 말했다. 그는 서둘러 상가들을 벗어나, 또다시 주저하는 마음에 붙들리지 않기 위해 문 쪽으로 성큼성큼 다가갔다. 그리고 녹색의 문을 활짝 열어젖히고는 안으로 들어갔다. 뒤편에서 문이 쾅하고 닫히는 소리가 들려온 그 순간, 그는 그 후 자신의 삶이 송두리째 사로잡히게 되는 그 미지의 정원 속으로 들어와 버린 것이었다.

그가 들어섰던 정원에 대해 어떤 느낌을 받았었는지 온전히 표현한다는 건 월리스로선 무척 어려운 일이었다. 그곳에는 마음을 달뜨게 만드는 어떤 기운들이 있었는데, 비유를 하자면 어떤 경쾌함이라든가 막연히 좋은 일이 일어날 것만 같은 느낌, 혹은 행복감 같은 것이라고 할 수 있었다. 도드라져 보이는 색깔들

✦ 浮球瓣. 수조의 물이 밖으로 새나가지 않도록 조절하는 장치.

은 그 정원에 존재하는 모든 사물들을 또렷하고 완전하게, 그리고 아주 섬세하게 빛나도록 만들었다. 정원으로 들어서는 순간 그의 가슴은 기쁨으로 가득 차올랐는데, 단지 그런 곳을 아직 경험해 보지 못했기 때문이기도 했지만, 자신의 눈앞에 펼쳐진 세상에 대해 그저 감사를 표하고 싶었다. 그만큼 그 정원 안의 모든 것들이 아름다웠던 것인데……

깊이 생각에 잠겼다가 윌리스가 입을 뗐다.

"자네도 알겠지만……."

믿기 힘든 사실을 털어놓는 사람들이 흔히 그렇듯 그 역시 명확하지 않은 어투로 얘기를 이어 나갔다.

"그 정원엔 덩치가 큰 흑표범 두 마리가 있었는데…… 그래, 분명히 점무늬를 가진 표범이었어. 그런데 왠지 난 무섭지가 않았다네. 양쪽으로 대리석 화단이 늘어서 있고 그 가운데에 한 줄기 길고 널따란 길이 펼쳐져 있었는데, 바로 그 길 위에 벨벳처럼 부드러운 털을 가진 두 마리의 짐승이 공 하나를 가지고 장난을 치며 놀고 있었지. 그중 한 마리가 호기심 어린 눈으로 나를 쳐다보는가 싶더니 내게로 다가오더군. 곧장 내게로 걸어온 녀석에게로 내가 손을 뻗자 녀석은 갸르릉거리는 소리를 내면서 둥그렇고 보드라운 귀를 내 조그만 손에다 대고는 문지르는 거야. 얼마나 부드러웠는지 모른다네. 정말이지, 매혹적인 정원이었어. 크기가 얼마나 되었는지 궁금하지? 아, 정말이지 넓고, 끝이 보이지 않을 정도로 아득했다네. 멀리 작은 산들이라도 있을 것 같더군. 웨스트 켄징턴에 갑자기 천국이 들어섰다면 대체 누가 믿겠나. 비로소 '집'이라는 곳으로 돌아온 것 같은 기분이었다네.

내 뒤편에서 문이 닫히던 그 순간, 난 마로니에 잎들이 떨어져 있던 거리를, 마차와 장사꾼들의 수레가 지나가던 그 거리를 까맣게 잊어버렸다네. 그때 난, 머지않아 다시 규율과 복종 속으로 되돌아가야 한다는 사실조차 잊어버렸지. 나는 모든 머뭇거림과 두려움을 잊고, 옳고 그름을 분별하는 것도 잊고, 어쨌든 삶의 근원이 될 수밖에 없는 현실까지 완전히 잊어버렸지. 나는 내가 살던 세상과는 또 다른 세계에 사는, 기쁨과 경이로움으로 가득 찬 행복한 꼬마가 되어 있었던 거야. 내가 도달한 세계는 우리의 세계와는 질적으로 달랐다네. 빛은 훨씬 따스하고 강렬하면서도 부드러웠고, 공기 속엔 넘치지도 모자라지도 않은 정겨운 기쁨이 가득 퍼져 있었지. 푸른 하늘엔 햇볕에 그을린 구름들이 떠 있었고. 내 눈앞에 펼쳐진 길고 널따란 길 양쪽에는 잡초 하나 없는, 일부러 가꾼 것 같지 않았지만 식물들이 무성하게 자라고 있는 화단이 놓여 있었다네. 그리고 두 마리의 커다란 흑표범이 있었지.

내 조그만 두 손은 아무런 두려움도 없이 표범의 부드러운 털 속으로 들어가 그들의 둥그런 귀를 어루만지며 놀았는데, 그건 마치 녀석들이 나를 그들의 '집'으로 온 걸 환영하는 것 같았다네. '집'으로 돌아온다는 것이 어떤 느낌인지를 온전히 느끼고 있던 그때, 문득 키가 크고 해맑은 표정의 한 소녀가 나를 맞이하기 위해 길을 따라 걸어오는 게 보였다네. 그녀는 내게로 다가와 미소를 띠면서 '안녕' 하고 말하더니 내 얼굴을 들어 입을 맞춘 뒤 내 손을 잡고 어딘가로 이끌었다네. 왠지 그리 놀랄 일은 아니란 생각이 들더군. 다른 건 생각하지 말고 이 상황을 기꺼이 받아들이기만 하면 되는 거라고, 그러면 행복해질 거라는 생각만이 들었네. 낯선 길 너머로 짙은 청색의 첨탑이 보이더군. 그 사이로 폭이 넓은 계단들이 이어졌는데, 그 계단을 따라 올라가는 길 양쪽에는 어두운 빛깔의 오래된 나무들이 서 있었지. 껍질이 터진 붉은 나무들 사이로 난 길을 따라 기품 어린 조각들이 새겨져 있는 대리석 의자가 놓여 있었고, 그리고 길이 잘든 정겨운 흰 비둘기들도 보였다네……

내 '여자친구'는 나를 내려다보면서 그 길을 따라 내 손을 잡고 이끌었는데, 그래, 그 멋진 얼굴이 떠오르는구먼. 상냥하고 선량한 얼굴에 깎아 놓은 것 같은 턱선…… 부드럽고 친근한 목소리로 내게 이것저것을 묻기도 하고, 지금은 거의 다 잊어버렸지만 재미난 얘기를 내게 들려주기도 하고…… 얼마 있지 않아 적갈색 털을 가진 예쁘게 생긴 조그만 거미원숭이가 옅은 갈색의 눈을 다정하게 반짝이며 나무에서 우리가 있는 곳으로 내려오더니 내 곁으로 쪼르르 달려오더군. 그러곤 나를 올려다보면서 찡긋거리며 웃더니 내 어깨로 풀쩍 뛰어오르는 거야. 정말이지 행복한 산책이었다네……."

거기서 그는 잠깐 말을 끊었다.

"계속하게."

내가 재촉했다.

"사소한 것들까지 기억이 나는군. 월계수 나무 아래 명상에 잠겨 있던 노인 곁을 지나갔던 기억도 나고, 앵무새들이 즐겁게 지저귀던 것도. 우린 가로수들이 그늘을 드리우고 있는 널따란 길을 걷고 있었는데, 그 길은 웅장한 규모의 멋진 궁전으로 이어져 있었지. 그곳은 샘물에서 맑은 물이 솟고 있었는데, 그 주위엔 온갖 아름다운 것들, 공상 속에서나 꿈꾸었던 것들로 가득 차 있었다네. 그리고 거기엔 사물만이 아니라 사람들도 많았다네. 어떤 사람들은 또렷하게 보였지만 몇몇은 희미하게 윤곽만 보였는데, 모두가 아름답고 친절했어. 어떻게 된 건지는 모르지만 그 사람들 모두가 반갑게 나를 맞아 주고 친절하게 대해 주고 다정다감한 몸짓으로 친근감을 표시해 주었다네. 어떤 이는 손으로 만지기도 하고, 어떤 이는 사랑이 가득한 눈길로 나를 바라보고. 그래, 맞아……."

그는 잠시 생각에 잠겼다가 다시 말을 이었다.

"난 그곳에서 친구들을 만났던 거라네. 내게 딱 어울리는 친구들. 난 외롭고 조그만 아이였으니까. 그들은 꽃으로 수놓은 해시계가 있는, 유리가 깔린 마당에서 즐겁게 게임을 하며 놀고 있었어. 그리고 놀이를 하듯 사랑을 하고…….

　그런데 이상하게도 말이야, 내 기억에서 뭔가 빠져 버린 거 같아. 우리가 했던 그 게임들이 어떤 것이었는지 기억이 나질 않아. 아무리 해도 생각이 나질 않는다고. 어렸을 땐 눈물까지 흘려 가며 기억하려고 애썼다네. 그때의 행복했던 순간을 다시금 맛보기 위해서 말이야. 나는 우리 집 놀이방에서 혼자 그 모든 게임을 할 수 있기를 원했었지. 젠장! 내가 기억할 수 있는 건 마냥 행복했었다는 느낌, 그리고 두 명의 다정한 친구들이 나와 놀아 주었다는 것뿐이라구……. 어쨌든 그때, 어디선가 무겁게 가라앉은 창백한 얼굴에 꿈꾸듯 몽롱한 눈을 가진 침울한 표정의 여인이 다가왔다네. 엷은 보라색의 부드럽고 긴 옷을 걸치고 있던 그녀는 책 한 권을 손에 들고 있었는데, 나를 옆으로 오라고 부르더군. 나와 함께 놀고 있던 친구들이 내가 가는 걸 몹시 싫어했지만, 그녀는 나를 복도 건너에 있던 길쭉한 방으로 들어가게 했지. 친구들은 게임을 하다 말고 내가 그녀의 손에 이끌려 가는 걸 우두커니 지켜보고 있었어. "돌아와야 해!" 친구들이 큰 소리로 외치더군. "오래 있지 말고!" 여자의 얼굴을 쳐다보았지만 전혀 개의치 않는 표정이었어. 그녀의 얼굴은 아주 부드럽고도 엄숙했다네.

기다란 방으로 나를 데려간 그녀는 내게 자리를 내주었는데, 난 그녀의 곁에 바짝 붙어 서 있었지. 그녀의 무릎 위에 올려놓은 책이 펼쳐지면 볼 준비를 하고서 말이야. 마침내 책장이 열리기 시작했어. 그녀가 손가락으로 가리키는 곳을 보았을 때, 나는 놀라서 눈을 둥그렇게 떴다네. 책 속에는 살아 움직이는 내 모습이 있었으니까. 알고 보니 그건 내 얘기가 쓰여 있는 책이었다네. 내가 태어날 때부터 내게 일어난 모든 일들이 그 안에 쓰여 있는 것 같은……. 진짜 놀라운 건 그 책 어디에도 그림이라곤 없었다는 거야. 이해하겠나? 그런데도 생생하게 현실을 느낄 수 있었다는 거……."

월리스는 의문으로 가득 찬 어두운 표정으로 나를 바라보았다.

"계속해 보게."

내가 입을 열었다.

"이해할 수 있을 것 같네."

"모든 게 생생한 현실이었지……. 그래, 그 책 속의 세계는 현실로 존재해 왔던 게 분명했어. 책 속에서 사람들은 모두들 뭔가를 하고 있었지. 그들은 분주히 움직이고 있었어. 난 사랑하는 엄마조차 거의 잊어버렸다네. 완고하면서도 매사를 공정하게 처리하는 아버지도, 집사들도, 놀이방도, 집 안에 있는 모든 친숙한 것들을 깡그리 잊어버릴 정도로 말이야. 오고 가는 마차들로

붐비던 문 앞의 거리도 어느새 기억에 남아 있지 않았지. 놀란 눈으로 책 속의 세계에 빠져 있던 나는 반쯤은 의심 어린 눈으로 여인의 얼굴을 쳐다보곤 했지. 그녀는 더 많은 것들을 보여 주기 위해 책장을 몇 장씩 넘겼고, 마침내 나는 긴 흰색 담에 붙어 있는 초록색 문 앞에서 주뼛거리며 서 있는 나 자신과 만났다네. 그 순간, 다시 갈등과 공포가 밀려들었어. '다음 페이지를 보여 주세요.' 난 소리를 질렀지. 다음 장으로 넘어가야 할 텐데, 그 엄숙한 여인의 차가운 손길은 움직이질 않았다네. '다음 페이지로 넘어가지 않나요?' 나는 그녀를 다그치면서 젖 먹던 힘까지 동원해서 그녀의 손가락을 끌어당겼지. 그러자 그녀는 하는 수 없다는 듯 얼굴을 숙여 내 이마에다 입을 맞추고는 책장을 넘겼다네.

하지만 웬일인지 그다음 장은 그 매혹적인 정원을 보여 주지 않았다네. 검은 표범도, 손을 잡고 이끌던 소녀도, 내가 가는 걸 그렇게 싫어하던 친구들도 보이질 않았지. 그저 등불이 켜지기 전의 서늘한 오후, 웨스트 켄징턴의 긴 회색 길만이 묘사되어 있을 뿐이었어. 그 거리에 내가, 더 이상 어떻게 해볼 수가 없어서 큰 소리로 울고 있는 가여운 꼬마의 모습만이 그 안에 있을 뿐이었다네. 내가 그렇게 우는 까닭은 '우리에게로 돌아와, 어서 돌아와'라고 외치던 그 친구들에게로 다시 돌아갈 수 없었기 때문이었다네. 그리고 더 이상 그 책에는 남아 있는 페이지가 없었지. 가혹한 현실이었다네. 그 매혹적인 곳, 무릎 위에 손을 올려 놓은 채 책장을 넘겨 주던 엄마와 같았던 그 엄숙한 여인은 대체 어디로 가버렸던 것일까?"

그는 다시 얘기를 멈추고는 벽난로를 응시하며 한동안 생각에 잠겨 있었다. 그리고 혼잣말로 중얼거리듯 말했다.

"제길! 난 다시 이 끔찍한 세상으로 돌아오고 말았던 거야!"

나는 한참 뒤에야 물을 수 있었다.

"어떻게 되었다고?"

"이 우울한 세상으로 또다시 돌아가야만 하는 불쌍한 꼬마를 상상해 보게! 내게 일어났던 일들이 얼마나 나를 행복하게 했는지를 깨달았을 때 난 억누를 길 없는 슬픔 속으로 빠져들고 말았어. 나는 집으로 돌아가야 한다는 쓰라림 때문에 창피한 줄도 모르고 행인들이 보는 앞에서 엉엉 울었지. 금테 안경을 낀 자애로운 인상의 노신사가 걸음을 멈춘 채로 우산으로 나를 툭툭 건드리며 대체 무슨 일로 그러냐고 물었어. '불쌍한 어린 꼬마야. 길을 잃은 거니?' 난 고작해야 대여섯 살밖에 먹지 않은 런던의 꼬마로 돌아오고 말았어! 그 노신사는 친절한 젊은 경찰관을 데려와서는 나를 사람들 사이에서 빼내 집으로 데려가도록 했지. 잔뜩 겁에 질려 울면서 난 그렇게, 그 매혹적인 정원으로부터 다시 아버지의 집 현관 앞 계단으로 돌아온 거야.

그 정원, 여전히 나를 사로잡고 있는 그 정원, 그건 내가 눈으로 보는 것만큼이나 생생하게 내 기억 속에 남아 있다네. 물론 그 비현실적이고 믿기 힘든 상황이 어떤 가치를 지니고 있는 것인지, 그리고 보통의 경험들과 그것이 어떻게 다른지에 대해서는 요령 있게 설명할 수가 없지만, 어쨌든 그건, 그 일은, 분명히 실제로 일어났던 일이었다네. 그게 만약 꿈이라면, 그건 벌건 대낮에 꾼 백일몽에 지나지 않았겠지……. 집으로 돌아온 나는, 당연히 끔찍한 추궁을 받았다네. 고모와 아버지, 유모, 집사, 그밖의 모든 사람들로부터…….

난 그 사람들에게 정성을 다해 설명했다네. 하지만 아버지는 거짓말을 한다면서 내게 회초리를 들었어. 그 뒤에 나는 고모에게 다시 그 얘기를 했지만, 고모는 못된 짓을 계속한다면서 내게 벌을 내렸어. 그렇지만 난 얘기를 멈추지 않았고, 그 때문에 집안사람들은 그 일에 대해 나와 말하는 것도, 나로부터 얘기를 듣는 것도 모두 금지되어 버렸지. 심지어 난 동화책까지 빼앗겨야 했다네. 그 책들이 나로 하여금 지나치게 상상력을 부추긴다고 생각한 때문이었지. 이해할 수 있겠나? 우리 아버진 옛날 교육을 받은 사람이었으니까……. 내 얘기로 다시 돌아가 보지. 난 내 베개에 얼굴을 묻고 베개에다가 속삭일 수밖에 없었다네. 내 베개는 어린아이의 눈물과 속삭임으로 인해 늘 축축하고 찝찔했지. 그리고 난 늘 예배를 드릴 때마다 입 밖으로 드러내지는 않았지만 내 기도에 간절한 요청을 집어넣었다네. '하느님, 제발 그 정원의 꿈을 다시 꿀 수 있게 해주세요. 제발! 저의 정원으로 돌아가게 해주세요! 저의 정원으로 다시 갈 수 있게 해주세요!' 그 뒤로 이따금 난 정원에 있는 꿈을 꾸곤 했다네. 어쩌면 그 정원에 대한 내 얘기엔 뭔가가 보태진 것도 있을 테고, 뒤바뀐 것도 있을 거야. 모르겠어…… 자네에게 들려주고 있는 이 모든 얘기들은 아주 오래전에 내가 경험한 단편적인 기억들을 재구성한 것일지도 몰라. 지금의 내가 기억하고 있는 것과 어렸을 적의 내가 실제로 경험한 것들 사이에는 넘을 수 없는 장벽이 있어. 그저 슬쩍 보았을 뿐인 그 놀라운 것들에 대해 이야기한다는 건 불가능하다는, 시간의 장벽 말이야."

분위기를 바꿔 보려고 내가 농담을 던졌지만 그의 태도는 여전히 진지했다.

"그 당시의 내가 정원으로 돌아가는 길을 찾으려고 시도를 했었다는 기억이 없네. 지금 생각해 봐도 이상한 일이긴 하지만, 아마도 그 우발적인 사건이 일어나고 난 뒤에 내가 다시 길을 잃게 될까 봐 주위의 감시가 더 심해졌던 것 같아. 그래, 내가 다시 정원을 찾기 위해 어떤 시도라도 했었다면 그런 나를 자네는 기억하고 있을 테지. 아마도 지금처럼 정원에 대해 까맣게 잊어버리고 있던 시기가 있었던 것 같아. 믿긴 힘들지만. 여덟 살이나 아홉 살 무렵이었을 거야. 자넨 성 아셀스탄 재단의 초등학교를 다니던, 꼬마였던 나를 얼마나 기억하고 있나?"

"아주 조금!"

"자넨 아마 내가 나만의 은밀한 꿈을 꾸고 있다는 사실을 눈치조차 채지 못했을 거야, 그렇지 않나?"

2

갑자기 미소를 띠면서 그가 고개를 들었다.

"혹시 나랑 '북서항로* 찾기 놀이'란 걸 한 적이 있었나? 물론…… 그럴 리가 없겠지. 자넨 사는 방식이 나하곤 달랐으니까!"

그가 말을 이었다.

"그건 일종의 게임이었다네. 상상력이 뛰어난 애들이면 누구나 매일 같이 하는 게임이라고나 할까. 우리가 닿아야 할 '북서항로'의 종착지는 바로 학교였지. 자네도 알겠지만 학교로 가는 길은 아주 단순하거든. 그러니까 그 게임은 학교까지 가는 단순하지 않은 길을 찾아내는 거였어. 평소보다 십 분쯤 일찍 전혀 낯선 길에서 출발을 하지. 그리고 눈에 익지 않은 거리들을 돌고

❖ North-West Passage. 캐나다 북극해를 지나 북미 지역의 북쪽 해안을 따라 대서양과 태평양으로 연결되는 유명한 뱃길로, 1903년에서 1906년 사이에 탐험가 로알 아문센이 이 항로를 따라 최초로 이동했다고 알려져 있다.

돌아서 목적지인 학교에 닿는 거야. 그런데 어느 날 캠던 힐의 어떤 곳에서 길을 잃고 말았다네. 하층민들이 사는 거리였는데, 혼란에 빠져 버린 거야. 난 생각했지. 이번만큼은 이 게임이 내가 학교에 지각하도록 만들겠구나, 하고 말이야. 막다른 골목처럼 보이는 거리를 필사적으로 벗어나려고 하고 있을 때, 길 끝에서 통로 하나를 발견했다네. 난 새로운 희망으로 서둘러 통로를 빠져나가고 있었지. '이번에도 해낼 수 있을 거야.' 그렇게 중얼거리면서 일렬로 늘어서 있는 너저분한 상점들을 지나가고 있었는데, 왠지 그 상점들이 낯설지가 않은 거야. 근데, 이게 어떻게 된 일이야! 나의 그 길고 하얀 벽이, 매혹적인 정원으로 나를 데려다 주었던 그 녹색의 문이 나타나다니! 그게 내 앞에 느닷없이 나타난 거야. 결국 그 정원이, 그 멋진 정원이, 꿈이 아니었어……."

그는 잠깐 쉬었다가 다시 말을 이었다.

"그 초록색 문에 대한 두 번째 경험을 통해서 난 알게 되었다네. 분주하게 학교생활을 하는 학생과 여가 시간을 충분히 즐기는 아이 사이엔 너무도 다른 세계가 각기 존재하고 있다는 걸 말일세. 어떻게든 난 초록색 문과의 두 번째 만남을 그냥 끝내고 싶지가 않았네. 하지만 자네도 알겠지만…… 난 제시간에 학교에 가야 한다는 생각으로 꽉 차 있던 모범생이었지. 그런 일로 괜히 성적에 흠집을 내고 싶지는 않아. 하지만 학교로 가더라도 그 문만은 열어 보고 가야 한다는 어떤 생각이 적어도 조금은 있었던 게 틀림없어. 그래, 틀림없이 그랬을 거야……. 그렇지만 그 문에 이끌리는 것이 오히려 학교로 가야 한다는 강박관념을 더욱 부추겼던 것 같아. 어떻게 해야 할지 갈팡질팡하고 있던 난 시계를 끌어다 시간이 얼마나 지났는지를 확인했고, 채 십 분 정도밖에 남아 있지 않다는 걸 알았지. 결국 난 눈에 익은 거리로 들어섰고 긴 언덕길을 내리 달렸다네. 숨을 헐떡거리며 학교에 닿았을 때 내 몸은 정말이지 땀으로 흠뻑 젖어 있었지. 제시간에 도착한 내가 외투와 모자를 벗어 걸었던 장면이 생생하게 떠오르는군……. 하지만 내가 그 벽의 오른쪽으로 온 것인지, 아니면 왼쪽으로 온 것인지, 이상하게도 그건 생각이 나질 않아."

그는 생각에 잠긴 채 나를 바라보았다.

"당연한 일이겠지만, 난 그 벽과 문이 늘 그곳에 있지 않을 수도 있다는 사실에 대해서는 전혀 생각해 보질 않았다네. 사내아이들에게 그런 것까지 상상할 수 있을 거라고 기대하는 건 무리겠지. 어쨌든 난 그곳으로 돌아가는 길을 알고 있다는 게 너무 좋았는데, 학교생활이 내게 틈을 주지 않았지. 그 정원의 아름다운 이방인들을 다시 곧 만나게 될 거라는 걸 생각하면서 다시는 그날 아침처럼 어쩔 줄 몰라 허둥대지는 않을 거라고 기대했다네. 정원에 살던 사람들을 다시 만나게 되면 나를 친절하게 맞아줄 거라는 사실에 대해서도 조금의 의심도 하지 않았지……. 그래, 난 그 정원을 생각하면서 열심히 학교 성적을 올려놓으면 다시 그 즐겁고 유쾌한 정원으로 돌아가게 될 거라는 사실을 확신하고 있었어.

그날 하굣길에는 그곳엘 가지 않기로 했다네. 그다음 날이 오전 수업이었으니까. 나름대로 심사숙고한 끝에 내린 판단이었지. 하지만, 역시 정원을 찾아갈 수 있다는 사실에 들뜬 나머지 아무래도 내가 많이 풀어져 있었던 것 같아. 왜 그랬는지 모르겠어. 난 학교 수업을 받는 내내 그 매혹적인 정원에 대한 생각에 완전히 사로잡혀 있었을 뿐이야.

내가 말했던 것 같은데…… 이름이 뭐였더라?…… 스퀴프였던가? 흰 담비처럼 생긴 녀석 말이야."

"꼬마 홉킨스."

내가 말했다.

"맞아, 홉킨스. 사실 난 그 친구하고 얘기하는 걸 별로 좋아하지 않았지. 그 친구랑 얘기하는 건 우리 학교에선 일종의 규칙 위반이기도 했으니까. 그런데 바로 내가 규칙을 위반하고 만 거야. 하굣길에 그 친구와 우연히 길을 걷게 되었는데, 엄청 수다를 떨었던 거지. 그 매혹적인 정원에 대해 떠들어 대지 않았다면 다른 뭔가를 떠들어 댔을 텐데, 내게 있어서 다른 주제를 생각한다는 건 참을 수 없는 일이었던 거지. 그래서 떠벌려 대고 말았던 거야.

결국, 그 녀석이 내 비밀을 죄다 까발려 버렸지. 그다음 날 쉬는 시간에 난 대여섯 명의 덩치 큰 녀석들에 둘러싸였다네. 모두가 그 매혹적인 정원 얘기를 듣고 싶어 잔뜩 호기심에 부풀어 있었고, 얘기를 들려 달라고 반쯤은 협박을 해댔지. 그 자리에 뚱땡이 포셋도 있었는데, 누군지 기억나지? 그리고 캐너비도 있었고, 몰리 레이놀즈도. 자네도 혹시 거기에 있지 않았었나? 아냐, 자네가 거기 있었다면 분명히 내가 기억해 낼 텐데…….

남자애란 참 미묘한 인간인 것 같아. 이건 진짜로 내가 믿는 건데, 나란 인간은 무척 냉소적이고 자기혐오적이긴 하지만 덩치 큰 녀석들에게 비위를 맞추는 그런 아첨꾼이기도 했었지. 특히나 크로셔 선배의 추어올리는 말에 아무 생각 없이 헤벌쭉거리던 꼴이라니. 자네도 크로셔 선배를 기억하겠지? 작가의 아들 말이야……. 그런데 그 선배가 말하길, 내 얘기는 이제껏 자기가 들은 것 중에서 가장 멋지게 지어낸 얘기라는 거였어. 그 얘기를 듣는 순간, 감추어 두어야 할 신성한 비밀을 발설하고 말았다는 부끄러움이 정말 고통스럽게 치밀어 오르더군. 짐승 같은 포셋이 정원의 그 소녀에 대해 농담을 던질 때는…… 들리지 않는 척해야만 했지."

월리스의 목소리는 부끄러움에 대한 예민한 기억으로 인해 많이 가라앉아 있었다. 그는 곧 다시 말을 이었다.

"결국 난 내가 한 얘기가 지어낸 게 아니라 모두 사실이라고 말할 수밖에 없었어. 그러자 갑자기 캐너비가 날 어린 거짓말쟁이라고 모욕하더군. 난 말했지. 어디로 가면 그 초록색 문을 찾을 수 있는지 알고 있으며, 십 분 안에 너희들 모두를 그곳에 데려갈 수 있다고 말이야. 그러자 캐너비가 갑자기 관대한 표정을 짓더니 꼭 그렇게 해야 할 거라고, 자신의 말을 증명하든가 아니면 모욕을 견뎌 내야 할 거라고 위협하더군. 자네 혹시 캐너비로부터 팔을 비틀려 본 적 있었나? 그런 적이 있다면 자넨 아마도 내가 왜 녀석을 데리고 갈 수밖에 없었는지를 이해할 거야. 난 내 얘기가 사실이라고 거듭 맹세를 했지. 크로셔 선배가 한두 마디 거들어 주긴 했지만, 학교 안에는 캐너비로부터 어린 꼬마를 구해 줄 녀석은 아무도 없었어. 캐너비는 게임에 몰두해 있었어. 흥분으로 인해 내 귀는 빨갛게 달아올랐지. 조금은 두렵기도 했고. 난 어리석은 꼬마애에 불과했지. 결국 난 혼자서 그 매혹적인 정원으로 가는 대신 발갛게 상기된 볼과 달아오른 두 귀에 불안하게 눈알을 굴리면서, 그리고 내 비참함과 치욕으로 불타오르는 가슴을 끌어안은 채로, 틈만 나면 아이들을 괴롭히던 호기심으로 가득 찬 여섯 명의 악동들을 데리고 가야만 했었다네. 하지만 우린 결코 흰 벽과 녹색의 문을 찾을 수 없었네."

"무슨…… 뜻인가?"

"내 말뜻은, 그곳을 찾을 수 없었다는 것이네. 찾을 수 있었다면 어떻게든 찾았겠지. 하지만 그 뒤에도 마찬가지였네. 나 혼자 갔을 때도 여전히 그 벽과 문을 찾을 수 없었으니까. 결코 찾을 수가 없었어. 지금도 난 학창 시절의 소년으로 돌아가 그곳을 찾아 헤매지만, 다시는 그곳에 갈 수가 없었다네."

"그 녀석들…… 실망이 이만저만 아니었겠군?"

"야비하게도…… 캐너비 녀석은 아이들을 모두 모아 놓고 악의적인 거짓말을 했다고 날 성토했지. 난 눈물 자국을 들키지 않기 위해 몰래 집으로 숨어 들어갔던 일, 발자국 소리를 죽이며 계단을 올라갔던 일을 생생하게 기억하고 있네. 하지만 잠이 들어서도 내가 슬피 울었던 건 캐너비 때문이 아니라, 그 정원 때문에, 내가 갈망했던 그 아름다운 오후 때문이었다네. 상냥하고 예쁜 소녀와 여인, 나를 기다리던 친구들 때문에, 그리고 다시 배우고 싶었던 게임들 때문이었지. 기억에서 까맣게 지워져 버린 그 멋진 게임…….

비밀을 발설하지만 않았더라도…… 그 뒤로 난 힘든 시간을 보냈다네……. 눈물로 밤을 지새우고, 날이 밝으면 부질없는 공상에 빠져들었지. 그렇게 맥이 풀어져 버린 두 학기 동안 성적은 엉망으로 떨어져 버렸지. 기억하나? 물론 기억할 테지. 나를 수렁으로 빠뜨렸던 수학 과목에서 날 능가했던 게 바로 자네였으니까."

3

한동안 내 친구는 붉게 타오르는 불길을 묵묵히 응시하고 있었다. 그러다가 불쑥 입을 열었다.

"열일곱 살이 될 때까지 난 그 문을 결코 보지 못했다네. 그러던 어느 날, 그 문은 마치 풀쩍 뛰어들 듯이 세 번째로 내게 다가왔지. 옥스퍼드 대학에서 수여하는 장학금을 받기 위해 마차를 타고 패딩턴으로 가던 중이었어. 2인승 마차를 타고 가던 난 담배를 피워 물고는 마차 덮개에 몸을 기댄 채로 앉아 있었는데, 나 자신이 마치 이 세상의 마지막 인간이라도 된 듯한 기분에 휩싸여 있었지. 그러다가 흘끗 시선을 보냈을 때였어. 그 순간 갑자기 벽이, 그리고 문이 내 앞에 나타난 거야. 한 번도 잊은 적이 없었던, 가슴 속에 고이 간직되어 있던 소중한 추억이 한순간에 되살아나더군.

깜짝 놀란 나는 멈추라고 소리를 질렀고, 모퉁이를 잘 돌아가던 마차는 덜거덕거리며 요동을 쳤지. 그 순간 이상한 기분이 밀려들더군. 내 의지가 생각과는 전혀 다른 방향으로 바뀌어 버리는 거야. 난 마차의 지붕에 붙은 조그만 창문을 가볍게 두드리며 손목을 끌어다 시계를 보았다네. '무슨 일이죠, 손님?' 마부가 활달한 음성으로 묻더군. '아니, 됐어요…… 아무것도 아니에요' 하고 난 큰 소리로 대답했지. '제 실수예요! 시간이 별로 없는 것 같군요! 가던 길을 계속 가세요!' 내 말이 끝나자 마부는 다시 마차를 몰았고…….

　예정대로 난 장학금을 받았지. 그리고 그날 밤 아버지의 집으로 돌아온 나는 내 조그만 이층 방의 난롯가에 앉아서 아버지로부터 칭찬을 들어가면서 — 아버진 칭찬에 인색한 분이었지 — 공부에 대해 얘기를 나누었다네. 충고를 늘어놓는 아버지의 음성이 귓속을 가득 메우는 동안 난 늘 즐기던 파이프 담배를 피워 물고는 — 사춘기 말년의 대책 없는 우쭐함이었을 테지 — 길고 하얀 벽에 붙어 있던 초록색 문에 대한 생각에 빠져 있었다네. 그러면서 생각했지. '만약 그때 마차를 세웠다면 장학금을 받지 못했을 거야. 그랬다면 옥스퍼드에 입학할 수도 없을 테고, 멋진 성공으로 이어져 왔던 내 경력들도 엉망진창이 되고 말았을 거야! 그래, 난 더 나은 나의 모습을 보게 될 거야!' 라고 생각하고 또 생각해 보았지만, 그때의 그 성공에 대한 염원은 내가 당연히 치러야 하는 대가라는 사실을 조금도 의심하지 않았네.

　정원에 살던 다정한 친구들과 그 맑은 공기는 내게 너무도 달콤하고 또 나를 즐겁게 했지만, 그러나 너무 멀리 있었지. 대신 나는 이 세상이 내 손아귀에 쥐어져 있다고 생각했어. 난 또 다른 문, 내 성공의 문이 활짝 열리는 걸 보았다네.”

　그는 다시 불길을 응시했다. 불길에서 쏟아져 나온 붉은빛들이 그의 얼굴을 완강한 힘으로 쪼아 대다가 다시 스러졌다.

　“그래.”

그는 길게 한숨을 내쉬고는 말을 이었다.

"난 그 성공을 위해 나를 바쳤어. 그걸 위해 공부하고 또 공부했지. 하지만 그 매혹적인 정원에 대한 꿈은 결코 끝나지 않았다네. 그 초록의 문을, 적어도 흘낏이나마 본 것이 그 이후로 네 번이나 되었다네. 그래, 네 번. 한동안 이 세상은 너무도 환하고 재미있고, 의미와 기회로 가득 차 있어서 그 정원에 대한 매력은 반쯤 희석된 채로 나로부터 멀찍이 떨어져 있었지. 하지만 예쁜 여자들, 잘난 남자들과 식사를 하러 가던 길에 느닷없이 흑표범을 어루만지고 싶어 했던 건 누구였지? 옥스퍼드를 졸업하고 런던으로 돌아온 나는 반드시 되찾아야 할 뭔가를 갖고 있는 한 남자가 되어 있었다네. 그러지 않고는 뭔가…… 여전히 만족스럽지 못했으니까…….

난 두 번, 놓칠 수 없는 사랑에 빠진 적이 있었지. 사랑 얘기를 하니 기분이 묘하군……. 내가 나타나기를 학수고대하고 있던 어떤 사람에게로 가고 있을 때였다네. 얼스 코트 인근의 인적이 드문 도로를 따라서 걷고 있던 난, 용기를 내서 지름길을 택했지. 그런데 바로 그곳에서 흰 벽과 눈에 익은 그 녹색 문과 마주치고 말았지 뭔가. '이게 어떻게 된 일이지?' 난 혼잣말로 중얼거렸지. '캠던 힐에 있어야 할 곳이 어떻게 여기에 있을 수 있지? 여기에 있다는 건 말이 되질 않아. 이건 스톤헨지의 돌이 몇 개나 되는지 세고 있는 기분인걸. 대낮에 꿈을 꾸고 있는 것 같단 말이야.' 그러곤 난 내가 해야 할 일에 집중하기 위해 애써 못 본 척하며 그곳을 지나쳐 갔다네. 난 그날 오후를 맥없이 흘려보내야만 했지.

물론 난 문을 열고 싶은 순간적인 충동에 휩싸여 있었다네. 고작해야 세 발자국이면 족했으니까. 하지만 그 문을 여는 건 어디까지나 간절한 내 마음의 일일 뿐이었지. 제시간에 약속 장소로 가지 못한다는 건 내 명예가 달린 문제라는 생각이 강하게 나를 압박하고 있었다네. 하지만 난 곧 후회하고 말았지……. 약속 시간에 조금 늦게 갈 각오가 되어 있었다면 적어도 문 안을 들여다볼 수는 있었겠지. 좀 더 시간을 낸다면 흑표범의 털을 쓰다듬어 줄 수도 있었을 테고. 어쨌든 그 일로 인해 내가 절실히 알게 된 것은 찾으려 한다고 찾아지는 게 아니라는 사실이었다네. 결국, 내게 남은 건 절절한 후회뿐이었지…….

그 일이 있은 후로 몇 년간 고된 시간들이 흘렀고, 난 그 문을 결코 보지 못했네. 그런데 아주 최근에 다시금 예전으로 돌아가고 말았네. 마치 엷고 희미한 무언가가 나의 세계를 가득 채우고 있는 것 같은 느낌이 들었다네. 그건 다시는 그 문을 볼 수 없을 거라는 슬픔과 쓰라림인 것 같아. 아마도 내가 일에 너무 치여서 그럴지도 모르지. 사십대가 되면 자연스럽게 생기는 변화라는 얘기도 들은 것 같은데, 모르겠어. 하지만 확실한 건 반짝반짝 빛나던 것들이 요즘 들어 풀이 팍 죽어 버렸다는 사실이야. 새로운 정치 상황 때문이기도 하고, 그래서 더 열심히 일을 해야 할 테지만……. 근데 참 이상하지. 최근에 난 발견했다네. 삶이란 고될 뿐, 그 보상은 초라하기 그지없다는 걸 말일세. 얼마 전부터 난 끔찍하도록 간절하게 그 정원을 갈망하기 시작했지. 그래, 세 번이나 지나쳐 버린 그 정원을……."

"정원을?"

"아니…… 문! 내가 열지 못한!"

그는 테이블 너머에서 내게로 몸을 기울였다. 그가 다시 얘기를 시작했을 때 그의 목소리에는 절절한 슬픔이 배어 있었다.

"내게 세 번이나 기회가 찾아왔었다네…… 세 번씩이나! 난 맹세했었지. 만약 녹색의 문이 다시 나를 받아 준다면, 이 너절하고 갑갑한 세상으로부터 벗어나 안으로 들어갈 거라고. 이 메마른 공허의 빛들로부터, 이 지독한 무의미들로부터 벗어날 거라고. 문을 열고 들어가서는 절대로 돌아오지 않을 거라고. 그곳에서 살리라고……. 그토록 맹세를 했건만, 정작 때가 왔을 때…… 난 그렇게 하질 못했다네. 한 해 동안 세 번이나 기회가 있었지만 난 그 문을 그냥 지나쳐 버렸다네. 들어가질 못했던 거야. 지난해의 일이었지.

첫 번째 기회는 소작인에게 토지 경작권을 돌려주는 법안이 어렵게 통과된 날 밤에 찾아왔다네. 세 표 차이로 정부가 간신히 살아났던 거, 자네도 기억하고 있겠지? 우리 쪽 사람들 중엔 ―

상대편에도 그렇게 생각한 사람은 거의 없었지만 ─ 그 누구도 그날 밤의 결과를 예상하진 못했지. 그 무렵 협상은 달걀 껍데기처럼 박살 나버린 상태였으니까. 둘 다 미혼이었던 나와 호치키스는 브렌트퍼드에 있는 호치키스의 사촌네 집으로 가서 저녁을 먹고 있었는데, 거기서 전화로 호출을 당한 우리는 즉시 그 사촌의 자동차에 올라타고는 출발했지. 우린 간신히 시간에 맞출 수 있을 것 같았는데, 글쎄 그 길을 가는 도중에 나의 그 벽과 문을 지나쳐 가게 되다니……. 창백한 달빛이 떨어지고 있던 그 벽엔 램프의 불빛이 비친 듯 샛노랗게 얼룩이 드리워져 있었지만, 틀림없었네. '이런 세상에!' 난 소리를 꽥 지르고 말았지. '왜 그래?' 호치키스가 묻더군. '아, 아무것도 아냐!' 난 대답했고, 그 짧은 순간이 지나가 버렸지. 당사에 도착했을 때 난 우리 당의 원내총무에게 말했지. '전 방금 엄청난 희생을 치렀습니다.' 그러자 원내총무가 '모두가 치르는 희생이지' 하고 말하더니 서둘러 자리를 떠버리더군. 그 상황이 아니었다면 난 결코 그렇게 하지 않았을 거야.

또 한 번의 기회가 찾아온 건 아버지의 침실로 달려가던 때였다네. 그 완고한 노인네가 마지막 숨을 몰아쉬던 날이었지. 그때, 역시, 인생이 던져 놓은 준엄한 명령은 피할 수가 없더군.

하지만 세 번째로 찾아온 기회는 달랐어. 그건 지금으로부터 불과 일주일 전이라네. 그때를 회상한다는 건 엄청난 후회를 동반하는 일이야. 거커와 랠프스가 나와 동행하고 있었는데……
거커와 함께 있었다는 사실을 자네한테 군이 비밀로 하진 않겠
네. 우린 프로비셔의 집에서 저녁을 먹었는데, 대화는 우리 사이
를 돈독하게 만들었지. 새로 구성되는 내각에서 내 자리는 늘 논
쟁거리가 되었으니까. 그래…… 그렇게 된 걸세. 아직은 뭐 얘
기할 필요가 있나 싶지만, 자네한테 군이 비밀로 할 이유도 없을
것 같군……. 그래, 고맙네! 고마워! 하지만 내 얘기를 끝까지
들어 보게나.

바로 그날 밤, 분위기가 무르익고 있었지. 내 자리란 게 워낙
민감한 것이어서, 거커로부터 어느 정도는 분명한 말을 듣고 싶
었다네. 그래서 난 신경을 부쩍 쓰고 있었는데 랠프스가 중간에
끼어들어서 일이 꼬여 버렸지. 난 내가 하고 싶은 얘기는 감춘
채로 가벼운 농담조의 얘기들을 늘어놓느라고 열심히 머리를 굴
리고 있었지. 그럴 수밖에 없었네. 내가 아무리 주의를 해도 랠
프스는 늘 머리 꼭대기에 있었으니까……. 어쨌든 켄징턴의 번
화가에 이르면 랠프스가 우릴 떠날 거라는 사실을 난 알고 있었
고, 랠프스가 떠나고 나면 거커가 좀 놀라긴 하겠지만 단도직입
으로 그에게 말해 보려고 생각하고 있었다네. 사람이란 때때로
이런 사소한 소망들에 의지해야만 할 때가 있는 법이지. 그런데
또다시 그 하얀 벽과 녹색의 문이 우리가 길을 걷고 있는 도중에
우리들 앞에 나타날 거라는 사실이 마치 미래를 내다보듯 떠올

랐다네.

우린 얘기를 나누며 그곳을 지나가고 있었지. 그곳을 지나가고 있었단 말일세. 난 어슬렁거리며 걷고 있던 나와 랠프스의 그림자 앞으로 거커의 윤곽이 또렷한 옆얼굴과 그의 실크 접이모자가 오뚝한 코앞으로 기울어져 있던 모양, 그리고 주름이 여러 겹 있던 그의 목이 그 벽에 길게 그림자를 드리우고 있는 걸 지금도 볼 수가 있다네. 난 그 문에서 불과 50센티미터밖에 떨어지지 않은 채로 지나가고 있었지. '만약 여기서 두 사람에게 작별 인사를 한다면, 난 저 문을 열고 안으로 들어갈 수 있을 것이다.' 그리고 난 나 자신에게 물었지. '그러면 무슨 일이 일어날까?' 그리고 내가 한 거라곤 어찌 할 바를 몰라 그저 거커를 바라보고 있었던 것뿐이었다네.

난 나 자신에게 던진 그 질문에 답을 할 수가 없었다네. 내가 풀어야 할 온갖 문제들로 혼란스러웠으니까. '저 친구들이 날 미쳤다고 생각할 거야' 하고 난 생각했지. '내가 이 자리에서 사라져 버린다고 가정해 보자! 영민한 정치가의 실종에 다들 놀라 자빠지겠지!' 아무래도 그건 부담스러운 일이었다네. 절체절명의 위기에서 수천 가지의, 끔찍하게도 사소한 세속적인 일들로 내가 부담을 느끼고 있었단 말일세."

그는 슬픔이 깃든 미소를 머금고는 내게로 고개를 돌렸다.

"그래서 결국 내가 여기 이 자리에 있는 거라네!"

그는 똑같은 말을 반복했다.

"내가 여기 있다고!"

그러곤 말을 이었다.

"그렇게 내게 다가온 기회는 떠나 버렸지. 그 문이 한 해에 세 번이나 내게 제공한 기회를…… 평화와 즐거움으로, 꿈보다 더 큰 아름다움으로, 이 세상의 그 누구도 알 수 없는 호의와 애정으로 들어가는 그 문을, 내가 거절해 버린 거였네. 레드먼드, 이제 그 문이 내게서 사라져 버렸다네……."

"사라졌다고 단정하지는 말게."

"난 알아, 안다고. 절호의 기회가 찾아왔을 때 날 옴짝달싹 못하게 만들었던 것과 같이, 다시 기회가 오더라도 난 또 그렇게 기회를 날려 버릴걸세. 자네가 말했었지, 난 성공을 거머쥐었다고……. 천박하고, 비열하고, 넌덜머리 나고, 질투로 가득한 성공. 내가 가진 건 그것뿐일세."

그의 큰 손에 호두 한 알이 쥐어져 있었다.

"만약 이게 나의 성공이라면……."

그렇게 말하며 그는 호두를 부숴 버렸다. 그러곤 으깨진 호두를 내가 볼 수 있도록 손을 펼쳤다.

"자네한테 말해 줄게 있네, 레드먼드. 이 상실이 나를 파멸시켜 버렸어. 두 달 전부터, 그러니까 지금까지 거의 십 주 동안, 난 가장 시급한 업무를 제외하곤 아무 일도 하지 못했지. 내 영혼은 억누를 길 없는 후회로 가득 차 있다네. 밤이면…… 이래 선 안 된다고 생각하면서도…… 난 길을 헤매고 다닌다네. 방황 한다네. 그러고 있다네. 사람들이 이 사실을 알게 된다면 얼마나 놀랄지 궁금하군. 모든 부서 중에서 매우 중대하고 막중한 책임 감을 가진 내각의 각료가 홀로 밤거리를 헤매고 있다니…… 슬 픔에 짓눌린 채로…… 거의 들리도록 울음까지 터뜨리면서…… 그 문 때문에, 그 정원 때문에!"

4

지금도 나는 그의 해쓱한 얼굴, 그의 눈동자에 이글거리며 타 오르던 어두운 불길을 볼 수 있다. 오늘 밤은 더욱 그의 모습이 생생하게 보인다. 나는 의자에 앉은 채로 그가 했던 말들, 그의 목소리를 떠올리고 있다. 그의 부고 기사가 난 어제 날짜의 석간 〈웨스트민스터 가제트〉가 내 소파 위에 얌전히 놓여 있다. 오늘 점심 때, 클럽 안은 그의 수수께끼 같은 죽음으로 떠들썩했었다.

그는 어제 이른 새벽 이스트 켄징턴 역 부근의 깊은 구덩이 안에서 죽은 채로 발견되었다. 남쪽 선로를 연장하기 위해 파놓 은 두 개의 수직갱도 중 하나였다. 큰길 위에 퇴적물을 쌓아 놓 아서 그 갱도로는 사람들이 통행할 수 없게 되어 있었지만 역 남 쪽에 살고 있는 인부들이 작업장으로 편하게 드나들기 위해 거기에다 조그마한 출입구를 뚫어 놓았다. 그리고 두 명의 관리인이 서로 미루는 통에 마침 출입문이 잠기지 않은 상태였고, 때마침 그곳을 지나가던 그가…….

내 마음은 온갖 의문과 수수께끼로 어둡게 물들어 있다.

그날 밤, 국회의사당에서 나온 그는 그곳을 걷고 있었을 것이다. 그는 의회가 열리고 있던 기간 동안 자주 걸어서 집으로 돌아가곤 했었다. 인적이 끊긴 밤늦은 거리를 걸어가고 있는, 골똘히 생각에 잠긴 그의 어둠에 싸인 모습을 상상해 본다. 혹시 희끄무레한 가로등이 역 부근에 늘어서 있던 거친 널빤지들을 하얀 벽처럼 보이게 만든 건 아니었을까? 그래서 그 잠기지 않은 운명의 문이 그로 하여금 어떤 기억들을 일깨웠던 건 아닐까?

어쩌면, 그 벽에 정말 녹색의 문이 붙어 있었을지도 모르는 일이다.

나는 아무것도 아는 게 없다. 그가 내게 해준 그대로, 나 또한 그의 얘기를 늘어놓았을 뿐이다. 윌리스가, 드물긴 하지만 전혀 낯선 것만은 아닌 어떤 환각에 희생당한 것이 아니라, 제대로 주의를 하지 않아 함정에 빠져 죽은 사람에 불과하다는 사실을 내가 믿기 위해서는 얼만큼의 시간이 필요할 것이다. 하지만 설사 그 사실을 받아들이게 된다 하더라도, 그것이 내가 가질 수 있는 가장 깊은 믿음은 아닐 것이다. 이런 내 생각 때문에, 여러분은 나를 미신적이라고 생각할는지도 모르겠다. 바보라고 생각할 수도 있다.

하지만 솔직히 말하면, 나는 그에게 실제로 그런 일들이 일어났다고 반 이상은 확신한다. 그는 보통 이상의 능력을 갖고 있었으며, 뭐라고 표현해야 할지는 모르겠지만, 뭔가 특별한 감각을 지닌 사람이었다. 그에게 있어 그 벽과 문은 어떤 출구, 지극히 아름다운 세계로 탈출하는 비밀스럽고 기묘한 통로로 제공되었을 거라고 나는 여긴다. 당신은 말할 것이다. 어쨌든 결국 그것이 그를 배신했다고. 하지만 그것이 과연 그를 배신한 것일까? 여기에 아니라고 대답할 수 있다면, 당신은 이 몽상의 인간들이, 비전과 상상의 인간들이 마음 깊은 곳에 품고 있는 어떤 신비와 닿게 될 것이다.

우리는 명료하면서도 상식적인 시각으로 우리의 세계를 바라본다. 우리의 눈에는 그저 건축 현장의 널빤지와 구덩이로 보일 뿐이다. 상식적인 기준에서 보자면 그는 안전한 곳으로부터 걸어 나와 어둠 속으로, 위험과 죽음 속으로 걸어 들어간 것이다.

하지만 그의 눈에도 그렇게 보였던 것일까?

플래트너 이야기

The Plattner Story

거트프리드 플래트너에 관한 이야기가 믿을 만한 것이냐 아니냐를 결정짓는 관건은 증거의 신빙성 문제와 관련이 있는데, 그런 점에서 딱 꼬집어 사실이다 혹은 사실이 아니다, 라고 말할 수가 없다. 한편에서는 사건과 완벽하게 일치하는 일곱 명의 목격담과, 그 목격담을 뒷받침하는 6과 2분의 1쌍의 눈, 그리고 부인하기 힘든 하나의 사실이 존재한다. 하지만 다른 한편으론, 정확히 뭐라고 불러야 할지 모르겠지만, 편견이나 상식적인 생각 혹은 타성 같은 것이 엄연히 상존하고 있는 것이다. 더할 나위 없이 진실에 가까워 보이는 일곱 개의 목격담을 부인하는 사람은 아무도 없다. 하지만 그와 동시에, 거트프리드 플래트너의 신체 장기가 오른쪽과 왼쪽이 완전히 뒤바뀌어 있다는 해부학적 근거 역시 누구도 부인할 수 없는 일이다. 그리고 사실, 목격자들의 증언만큼 황당하고 불합리한 얘기도 없다!

그에 관한 이야기들 중에서 가장 황당하고 불합리한 것은 거트프리드 자신의 진술이라고 할 수 있다(일곱 명의 증인 가운데 하나로 그가 포함된 이상 어쩔 수 없는 일이다). 하늘은 내게 공정함을 저버리지 말아야 한다는 강한 열망을 주셔서 초자연적인 도움을 받는 걸 결코 허락하지 않았으므로, 결국 나는 유자피아❖를 지지했던 사람들의 행운을 나눠 가질 수는 없는 노릇이다! 솔직하게 말하자면, 나는 거트프리드 플래트너의 이번 일에 대해 뭔가 왜곡되어 있을 거라고 믿고 있다. 하지만 그 왜곡된 뭔가가 도대체 무엇인지에 대해서는, 솔직히 모르겠다.

놀라운 것은 진실에 가장 가까운 그의 이야기가 흘러나온 출처가 우리들로서는 전혀 예상치 못한 곳인 동시에 가장 신뢰할 만한 곳이라는 사실이다. 어쨌거나 독자들에게 제공할 수 있는 가장 공정한 방법은 이러쿵저러쿵 코멘트를 달지 않고 단도직입

....

❖ Eusapia Palladino(1854~1918). 이탈리아 나폴리 태생의 심령술사로 이탈리아, 독일, 프랑스, 폴란드, 러시아 등지에서 광범위하게 활동했다. 그녀는 자신의 몸을 공중에 띄우거나 늘이는 능력이 있던 것으로 알려졌다. 또한 젖은 땅에 손과 얼굴의 형태를 나타나게 하고, 아무런 접촉 없이 탁자 아래의 악기를 연주했으며, 그녀의 영매였던 존 킹을 통해 죽은 사람과 직접 대화를 나누었던 것으로 전해진다. 사람들은 그녀의 공연을 보기 위해서 비싼 관람료를 지불했다.

으로 그의 이야기를 들려주는 것뿐이다.

거트프리드 플래트너는, 이름으로 봐서는 그렇게 생각되지 않을지 모르겠지만, 자유민으로 태어난 영국인이다. 그의 아버지는 1860년대에 영국으로 건너온 알자스 사람으로 나무랄 데 없는 집안의 품위 있는 영국인 여자와 결혼하여, 건전하고 별달리 파란 없는 생을 살다가 1887년 세상을 떠났다(내가 알기로, 그의 아버지는 거의 집 밖을 나가지 않는 위인이었다). 거트프리드의 나이는 스물일곱이다. 세 개나 되는 언어권에 속해 있었던 집안 덕분에 그는 영국 남부의 조그만 사립학교에서 현대어 교사로 일하고 있다. 보통 사람들의 눈에 그는 다른 소규모 사립학교에 근무하고 있는 현대어 교사들과 마찬가지로 특별한 존재다. 그가 입고 있는 옷이 유별나게 값비싼 것이거나 특별히 유행의 첨단을 걷는 것은 아니다. 그렇다고 형편없이 싸구려라거나 초라하다는 얘기도 물론 아니다.

다만 그의 용모는 키나 태도와 마찬가지로 별달리 눈에 띄지는 않는다. 대개의 사람들이 그렇듯 그의 얼굴 역시 완벽하게 균형 잡힌 것은 아닌데, 오른쪽 눈이 왼쪽 눈보다 조금 크고, 턱은 오른쪽으로 조금 처져 있다. 주의력이 그다지 깊지 않은 보통 사람이라면 그의 옷을 벗겨 심장이 뛰는 걸 살펴본다고 해도 일반인들과 다른 점을 발견해 낼 수가 없을 것이다. 하지만 전문적인 훈련을 받은 관찰자라면 전혀 다른 생각을 하게 될 것이다. 그리고 보통 사람의 경우라도 그가 어딘지 모르게 일반인과 다르다는 사실을 일단 눈치 채게 되면 그만의 특징을 발견하는 건 어렵지 않다. 그것은 바로 거트프리드의 심장이 가슴 오른쪽에서 뛰고 있다는 사실이다.

심장이 오른쪽에서 뛰고 있다는 게 비록 전문적인 훈련을 받지 않은 관찰자들의 흥미를 끄는 유일한 것이긴 하지만, 사실 거트프리드의 몸의 구조가 남다른 것은 이것만이 아니다. 어느 저명한 외과의사가 거트프리드의 내부 장기의 배열에 대해 조심스럽게 언급한 바에 따르면, 그의 모든 장기들이 이와 똑같이 비대칭적이라는 것이다. 가령, 오른쪽 간엽肝葉은 왼쪽에 있고, 왼쪽 간엽은 오른쪽에 붙어 있으며, 두 개의 폐도 또한 서로 다른 쪽에 놓여 있다는 것이다. 그가 아주 능숙한 배우가 아니라면, 그의 오른손이 갑자기 왼손이 되어 버렸다는 이 괴상망측한 사실을 우리는 믿지 않을 도리가 없다. 이제 막 (가능하면 편견 없이) 이 사태를 생각하게 된 우리는, 그가 왼손에 펜을 잡고 종이의 오른쪽에서 왼쪽으로 가로지르며 글씨를 쓰지 않는 한 쓰는 데 엄청난 곤란을 겪을 수밖에 없다는 걸 분명히 알 수가 있다. 그는 오른쪽 손으로는 무엇을 던질 수도 없고, 나이프와 포크로 식사를 하는 데도 혼란을 겪을 것이며, 도로교통에 대한 경우도 — 그는 자전거로 통학을 하고 있다 — 또한 위험천만하게 헷갈릴 것이란 건 자명한 일이다. 좌우가 뒤바뀌기 이전에 거트프리드가 왼손잡이였다는 증거는 전혀 없다.

이 황당하고 불합리한 일에는 아직 놀랄 만한 사실이 더 남아 있다. 거트프리드는 자기 자신이 찍힌 세 장의 사진을 갖고 있다. 첫 번째 사진은 대여섯 살 때의 것으로 어린아이들이 입는 격자무늬 원피스 밖으로 뚱뚱한 다리를 빼내려고 인상을 찡그리고 있는 사진이다. 이 사진 속의 왼쪽 눈은 오른쪽 눈보다 조금 크며, 턱은 왼쪽으로 아주 약간 처져 있다. 이것은 현재 그의 상태와는 완전히 반대라는 사실을 적시한다. 거트프리드의 열네 살 때 모습을 담고 있는 또 한 장의 사진은 이 사실을 뒤집어 버리는 것 같지만 그건 당시 유행하던 싸구려 젬Gem 사진으로, 금속판에 비친 것을 그대로 인화하는 것이라 마치 거울에 비춘 것처럼 거꾸로 보이기 때문이다. 마지막으로 세 번째 사진은 스물한 살 때의 그를 보여 주고 있는데, 여러 가지 사실들을 확증해 주는 구실을 하는 사진이다. 즉, 이 사진이야말로 오른쪽과 왼쪽이 뒤바뀌는 현상이 실제로 거트프리드에게 일어났다는 가장 강력한 증거로 작용할 만한 것이다. 하지만 환상적이고 믿기 힘든 기적이라는 말을 제외하고, 어떻게 사람에게 이런 변화가 일어날 수 있는지를 설명한다는 건 정말이지 쉬운 일이 아니다.

보기에 따라서는, 물론 플래트너가 자신의 심장을 이동시키는 힘을 갖고 있어서 교묘하게 속임수를 썼다고 상상할 수도 있을 것이다. 어쩌면 사진이 조작된 것일 수도 있고, 그가 왼손잡이를 흉내 냈을 수도 있다. 하지만 그 사람의 성격만큼은 억측을 부릴 수가 없는 일이다. 그는 노르다우✤의 관점에서 보더라도 조용하고, 실질적이며, 남의 일에 참견하지 않는, 그리고 지극히 멀쩡한 정신을 갖고 있는 사람이다. 그는 맥주를 좋아하며, 담배도 적당히 피우고, 매일 걷기 운동을 하며, 학생을 지도하는 수준도 높게 평가받고 있다. 그는 아마추어이긴 하지만 훌륭한 테너의 목소리를 갖고 있으며, 대중적이고 유쾌한 성향의 노래들을 불러 분위기를 좋게 만들곤 한다.

또한 그는 독서를 좋아하기는 하지만 책에 빠져 사는 사람은 아니다. 그가 주로 읽는 장르는 약간은 실현 불가능한 낙관주의적 성향의 소설이며, 그런 걸 읽으면 잠도 잘 오고 드물게는 달콤한 꿈을 꾸기도 한다. 그는 사실 기상천외한 이야기들을 줄줄 읊어 댈 것 같은 딱 그런 사람이지만, 실제의 그는 세상과 멀찍이 떨어져 있는 것 같은 이런 이야기들에 대해서는 굳게 입을 다무는 사람이다. 사람들은 그가 가진 매력 중의 하나로 수줍음을 꼽고 있으며, 그것은 그에 대한 의심을 무화시켜 버린다. 그는 솔직히 자신에게 그토록 이상한 일이 벌어졌다는 사실에 대해

✤ Max Simon Nordau(1849~1923). 헝가리 태생의 작가이며 의사였던 노르다우는 문학에서 영국의 유미주의와 프랑스의 상징주의를 '정신병적인 산물'로 파악했는데, 특히 비정상적인 신체적 특징을 통해 개인적 성향을 파악한 이탈리아의 범죄학자 체사레 롬브로소의 의견을 예술비평에 적용했다.

쑥스러워하는 것처럼 보인다.

사후에 부검을 해보자는 생각에 대해 플래트너가 반감을 가진 것은 그의 몸 전체에서 오른쪽과 왼쪽이 뒤바뀌었다는 명백한 증거를 찾을 수 있는 기회가 늦춰질 수도 있다는, 어쩌면 영원히 달아나 버릴 수도 있다는 점에서 안타까운 일이 아닐 수 없다. 이것은 그에 관한 이야기의 신빙성이 달린 문제이기도 하다. 어떤 사람을 우리가 이해하는 공간으로 데리고 와서 그 사람을 이리저리 움직여서 좌우를 뒤바꾸어 놓을 방법이 과연 있을까. 우리가 무슨 짓을 하든 그의 오른쪽은 여전히 오른쪽이고, 왼쪽은 왼쪽일 뿐이다. 물론 완전히 납작한 상태라면 불가능한 일만은 아니다.❖ 가령 종이에 그려진 것을 오려 낸 뒤 그것을 들어 올려 뒤로 돌려 버리면 간단히 오른쪽과 왼쪽을 바꿀 수가 있기 때문이다. 하지만 삼차원적인 입방체의 경우라면 문제는 달라진다. 수학자들은 입방체인 몸의 오른쪽과 왼쪽을 바꿀 수 있는 유일한 방법은 몸을 우리가 인지하는 공간에서 완전히 제거한 다음 다시 꺼내는 길밖에는 없다고 말할 것이다. 즉, 실제로 존재하는 곳으로부터 꺼내서 다른 어떤 공간으로 집어넣은 다음 되돌려진 상태에서 다시 꺼내는 것이다. 이것이 보통 난해한 문제가 아니란 건 의심의 여지가 없다.

....
❖ 평면, 즉 이차원을 뜻한다.

하지만 수학 이론에 밝은 어떤 사람은 이것이 실제로 행해질 수 있다고 확신할지도 모르겠다. 전문적인 과학 용어를 빌려 이 문제를 얘기하자면, 플래트너의 괴이쩍은 좌우 역상逆狀은 사차원이라고 불리는 공간으로부터 그가 나왔다는 증거가 될 수도 있다는 말이다. 즉, 그는 그 사차원의 공간으로 들어갔다가 다시 우리들 세계로 되돌아온 것이다. 자연스럽지도 못하고 이유를 알 수도 없는 괴상한 이야기의 희생자로 우리 스스로를 간주하지 않는다면, 결국 우리는 이 현상이 실제로 일어났다고 믿을 수밖에 없다.

너무도 많은 명백한 사실들이 존재한다. 이제 우리는 그가 우리들 세상으로부터 일시적으로 사라져 버린 현상에 대해 짚어 보도록 하자. 그 일은 서섹스빌 사립학교에서 일어났으며, 플래트너는 현대어 교사로서의 직무는 물론이고 화학, 상업지리, 회계학, 속기, 미술, 그리고 남학생들의 학부모들로서는 도저히 납득하기 힘든 그 밖의 여러 과목들도 가르치고 있었다. 그는 이 다양한 과목들에 대해서는 거의, 혹은 전혀 알지 못했지만, 지식보다는 높은 도덕성과 엄전한 말투가 교사에게 더 절실히 요구되는 초등학교라는 점을 감안한다면 꼭 불가능한 일만은 아니었다. 어쨌거나 화학의 경우, 그에게 특히나 아는 게 없는 과목이었는데, 그가 말하길, 세 개의 기체(그 세 개가 무엇이든 상관없이) 외엔 아는 게 전혀 없다는 것이었다. 하지만 그의 학생들 역시 아무것도 아는 게 없는 상태에서 시작했기 때문에, 그리고 결국 그로부터 모든 지식을 얻게 될 것이므로, 이것은 그가(혹은 누구든) 여러 학기 동안 불편할 게 전혀 없었다.

당시 휘블이라는 이름을 가진 자그마한 학생이 그에게서 화학 과목을 배우게 되었는데, 꽤 짓궂은 가족들로부터 학습을 받은 듯 가슴속에 질문을 담아 두는 법이 없는 녀석이었다. 이 조그만 학생은 플래트너의 수업에 성실하고도 지속적으로 흥미를 갖고 있었으며, 그 과목에 대한 자신의 열의를 드러내 보이려고 여러 차례에 걸쳐 플래트너에게 분석을 요구하는 재료들을 가지고 왔다. 흥미를 유발시키는 힘이 자신에게 있다는 사실에 고무된 플래트너는 그 소년의 무지함을 일깨워 주기 위해 녀석이 가지고 온 재료들을 분석해 주고 심지어 그 구조에 대해서 전반적인 설명까지 해주었다. 나아가 그는 자신이 가르치는 학생들로 하여금 분석화학에 대해 성취를 이룰 수 있도록 자극하는 한편, 저녁 예습 시간❖에 감독을 하는 동안에도 화학 과목을 공부하도록 독려했다. 화학이 재밌는 과목이라는 사실을 발견한 것은 그에게는 놀라운 일이었다.

이 정도의 얘기는 아주 평범한 것이다. 하지만 이제 문제의

....
❖ evening's preparation. 영국 기숙학교에서 수업이 끝난 저녁 시간에 교사가 함께 하는 시간.

녹색 가루가 등장하면 상황은 달라진다. 불행하게도 초록색 분말의 잔여물은 어디에도 남아 있는 것 같지 않다. 휘블의 부모는 그 녹색 분말이 다운즈❖ 부근의 폐쇄된 석회 가마터에서 봉지에 담긴 채로 발견되었다는 믿거나 말거나 식의 얘기를 늘어놓으며, 만약 당시 그 가루에다 성냥불을 옮겨 붙였다면 휘블네 가족들에게도 똑같은 일이 일어났을 거라고 말했다. 그랬다면야 플래트너로서는 감사할 일이었겠지만. 어쨌든 휘블가의 꼬마 신사가 그것을 봉지째로 들고 온 건 아닌 듯했다. 그는 흔하게 구할 수 있는 눈금이 새겨진 8온스짜리 약병에 녹색의 가루를 넣고 신문지로 입구를 틀어막은 다음 학교로 들고 온 모양이었다. 그는 오후 수업이 끝나고 그것을 플래트너에게 가지고 왔다. 마침 다른 네 명의 학생이 마무리하지 못한 일을 하기 위해 방과 후의 기도 시간에 남아 있었는데, 플래트너는 화학 수업을 진행하는 조그만 교실에서 이들을 감독하고 있었다. 서섹스빌 사립학교의 실질적인 화학 수업에 사용하는 기구들이란 게 이 나라의 소규모 학교들이 으레 그렇듯 정말이지 단순한 것들뿐이었다. 그 기구들은 벽감壁龕에 놓인 조그만 찬장에 보관되어 있었는데, 찬장의 크기라고 해봐야 보통 여행 가방 정도에 불과했다. 별로 하는 일

....

❖ 동쪽의 도버 해협에서 서쪽의 햄프셔 주에 걸쳐 이어져 있는 잉글랜드 남부의 백악질 구릉지.

없이 아이들을 감독하는 데 지루해진 플래트너는 초록색 분말을 가지고 나타난 휘블을 은근히 환영하는 눈치였는데, 마침 화학 기구를 보관하는 찬장이 잠겨 있지 않아서 곧장 분말을 분석하는 실험에 돌입했다. 행운이라고 생각하면서 휘블은 멀찍이 떨어진 소파에 앉은 채로 플래트너를 지켜보았다. 네 명의 악동들 역시 제 할 일에 몰두하는 척하면서 이 흥미로운 구경거리를 연방 훔쳐보았다. 아는 거라곤 '세 가지 기체'에 관한 것뿐이었던 플래트너의 화학 실험은, 내가 이해하기로는 무모한 것이었다.

플래트너가 어떻게 했는지에 대한 아이들의 진술은 완전히 일치한다. 그는 우선 약간의 초록색 분말을 시험관에 부어 넣고는 물과 염산, 질산과 황산을 차례로 혼합하기 시작했다. 별 반응이 일어나지 않자 그는 병에 든 분말을 석판 위에다 조금 ─사실은 병에 든 것의 거의 반을 ─ 덜어 내 쌓아 놓고는 거기에 성냥불을 그었다. 성냥을 쥐고 있지 않은 그의 왼손에는 약병이 쥐어져 있었다. 분말 더미에 성냥불이 붙자 곧 연기가 나면서 가루가 녹기 시작했고, 얼마 있지 않아 귀가 멀어 버릴 것 같은 꽹음과 함께 폭발이 일어났는데, 폭발과 함께 일어난 섬광 때문에 눈앞이 깜깜해져 버렸다.

섬광으로 인해 아무것도 볼 수 없게 된 다섯 소년은 더 큰 재난을 모면하기 위해 재빨리 책상 아래로 몸을 숨겼고, 덕분에 그들은 심각한 상처를 입진 않았다. 창문은 운동장까지 날아갔고,

칠판은 칠판걸이에서 떨어져 바닥으로 곤두박질쳤다. 실험에 사용했던 석판은 완전히 조각난 채로 해체되었고, 천장에서 떨어져 나온 회반죽들이 사방에 널렸다. 교실 건물이나 교실 안의 물건들에는 별다른 손상이 없는 듯했지만, 학생들의 눈에 플래트너의 모습이 보이질 않았다. 완전히 기절한 채로 책상 아래에 뻗어 있느라 자신들의 눈에 띄지 않는지도 모른다고 생각한 학생들은, 플래트너 선생을 찾기 위해 자신들이 있던 곳에서 뛰쳐나왔는데, 폐허가 된 텅 빈 공간을 보고 충격에 휩싸였다. 갑작스러운 폭발로 혼비백산한 아이들은 열쳐진 문으로 다투어 뛰어갔다. 플래트너 선생에게 무슨 일이 일어난 게 분명했다. 맨 먼저 교실 밖으로 뛰어나가던 카슨이 문으로 막 들어서던 리제트 교장과 거의 부닥칠 뻔했다.

리제트 교장은 성격이 불같이 급하고 뚱보에 애꾸눈이었다. 학생들의 진술에 의하면 교실로 들어서던 리제트 교장은 신경질적인 학교 선생들 특유의 욕지거리를 내뱉고 있었다고 했다. 그것은 학생들에겐 특별할 것도 없는 일이었다. 학생들의 진술로 미루어 보면 오히려 학생들이 그를 배려한 측면이 있는 것도 같다.

"주변머리라곤 쥐뿔도 없는 불쌍한 놈!"

교장이 소리를 질렀다.

"플래트너 선생은 어디 있는 거야?"

소년들은 곧바로 그의 말에 동의했다(갈팡질팡, 징징거리는 강아지, 주변머리 없는 놈 같은 말을 리제트 교장이 쓰고 있다는 것은 지극히 사소한 것이라도 교내에서 무슨 일인가가 발생했다는 걸 의미하기 때문이었다).

플래트너 씨는 어디로 간 것일까? 이 질문은 그 뒤 며칠 동안 수없이 반복해서 던져진 질문이기도 했다. '원자 단위로 쪼개져서 어딘가로 날려가 버렸'는 과장된 표현처럼 실제로 그런 일이 일어난 것은 아니었을까? 그도 그럴 것이, 플래트너가 그곳에 있다는 어떤 흔적도 보이지 않았던 것이다. 피 한 방울도, 옷 조각 하나도 발견되지 않았다. 그는 어떤 난파의 흔적도 남기지 않은 채 완전히 날려 간 게 틀림없었다. 쥐도 새도 모르게 사라져 버렸다는 속담은 이런 걸 두고 하는 말이었다. 폭발로 인해 그가 완전히 실종되었다는 것은 의문의 여지가 없었다.

리제트 교장은 서섹스빌 사립학교 안에서는 물론이고 서섹스빌의 어느 곳에서든 이 일로 문제가 불거지기를 원하지 않았다. 이 대목에서 독자들 중에는 지난여름 휴가 기간 동안 어디 먼 곳에서 일어났다가 슬그머니 꼬리를 감춰 버린 소동들을 떠올리는 분들이 있을지 모르겠는데, 충분히 일리 있는 일이다. 리제트 교장은 자신의 권한을 이용해 이 사건에 대해 이야기하는 것을 금지시키고, 사건을 축소시키는 데 가능한 모든 방법을 동원했다. 그는 학생들이 플래트너의 이름을 거명하는 것만으로도 스물다섯 대의 매질을 가할 수 있도록 조처했고, 어느 때라도 플래트너의 행방을 명확히 파악할 수 있도록 각 교실을 돌아다니며 일일이 지시를 해놓았다.

그의 해명에 따르면, 화학 실험 수업을 최소화하도록 사전 조처를 취해 놓았음에도 불구하고 또 다시 폭발 사고가 나서 학교의 명예가 손상될까 두려웠다는 거였다. 또한 플래트너의 실종과 관련해서 뭔가 왜곡된 부분이 없지 않다는 점도 덧붙였다. 여기에 더해 그는 평상시에도 이런 소동이 충분히 일어날 수 있는 일인 것처럼 만들기 위해 교장의 지위를 이용해 모든 조처를 취했다. 특히 그는 철저한 증거를 확보한다는 이유를 들어 다섯 명의 목격자들에 대해 그들의 정신 상태가 증거로 채택할 만한지를 살펴보는 반대 심문까지 행했다. 하지만 이런 노력들에도 불구하고 이야기는 과장되고 왜곡된 상태로 아흐레 동안 마을 사람들을 충격에 빠뜨렸으며, 여러 명의 부모들이 구차한 이유를 들먹이며 아이들을 학교에서 빼내 전학을 시켰다.

이 사건에서 정말 간과할 수 없는 문제는, 그가 마을로 돌아오기 전 혼란에 빠져 있던 아흐레 동안 기이하게도 마을의 많은 사람들이 플래트너가 등장하는 꿈을 너무도 생생하게 꾸었다는 사실이다. 그리고 놀랍게도 그 꿈들은 모두가 동일했다. 그들 대부분은 꿈에서 플래트너를 보았는데, 때로는 혼자서 때로는 무리에 섞인 채로 일곱 빛깔 무지개의 광채를 통과해서 돌아다니더라는 것이었다. 어떤 경우든, 그의 얼굴은 창백하고 고민에 싸여 있었으며, 자신들을 향해 뭔가를 나타내 보이려고 몸짓을 하더라는 거였다. 소년들 중 한두 명은 분명히 악몽의 영향 탓이겠지만, 플래트너가 엄청난 속도로 그들에게로 달려들었으며, 자신들의 눈 아주 가까이까지 다가와서는 눈 속을 들여다보는 것 같았다고 말했다. 어떤 아이들은 공 모양의 흐릿하고 특이한 생명체에 쫓겨 플래트너와 함께 달아났다고 했다. 하지만 이 모든 환상들은 처음 폭발이 일어난 월요일이 한 번 더 지나고 수요일이 찾아왔을 때, 온갖 의문과 추측을 남긴 채 스러져 버렸다.

그의 귀환 역시 돌연한 실종만큼이나 괴이하게 찾아왔다. 리제트 교장이 플래트너의 귀환에 대해 제대로 설명을 하지 못한 것은 사건의 당사자인 플래트너가 제대로 해명을 하지 못한 때문이었다. 일몰 시간이 가까워 오던 수요일 어스름, 저녁 예습 시간을 서둘러 끝낸, 품위와는 거리가 먼 신사는 자신의 정원에서 자다가도 벌떡 일어날 정도로 좋아하는 딸기를 따먹느라 여념이 없었다. 다행스럽게도 넓고 고풍스러운 정원은 담쟁이덩굴로 뒤덮인 붉은 벽돌담이 높다랗게 둘러쳐져 있어서 외부의 시선으로부터 완전히 차단되어 있었다. 그가 유난히 열매가 주렁주렁 달린 덩굴 너머로 허리를 막 굽혔을 때였다. 쿵, 하는 소리와 함께 허공에서 섬광이 일더니 미처 뒤돌아보기도 전에 커다란 몸집이 뒤편에서 나타나 거칠게 그를 가격했다. 그는 앞으로 내동댕이쳐졌고, 손에 들고 있던 딸기들이 뭉개져 버렸다. 그리고 설상가상, 그의 실크 모자— 리제트는 학자풍의 복장을 유별나게 고집하는 사람이다 —가 이마 아래로 거칠게 덮어씌워졌는데 덕분에 한 개밖에 없는 눈이 거의 다 가려 버렸다.

그의 옆쪽으로 미끄러져서는 딸기밭 사이에 주저앉아 버린 무거운 비행 물체의 정체는 마침내 우리들로부터 오랫동안 사라져 버렸던 거트프리드 플래트너로 밝혀졌다. 그의 몰골은 그야말로 눈 뜨고 보지 못할 처참한 지경이었다. 리제트 교장은 너무도 화가 나고 놀란 나머지 두 손과 두 발로 딸기밭을 엉금엉금 기어 나와 여전히 모자가 눈을 덮은 모양 그대로 플래트너의 무례하고 무책임한 행동에 대해 거칠게 나무라기 시작했다.

목가적인 풍경과는 도무지 어울리지 않는, 지극히 통속적인 이 광경은 플래트너 이야기의 별전別傳이라 부를 만하다. 여기서 리제트 교장이 그를 해임시킨 내용들을 시시콜콜 이야기한다는 건 그다지 중요한 일이 아닐 듯싶다. 풀 네임이나 날짜와 시간, 참고사항 따위와 함께 그 자세한 사항들은 SIAP(Society for the Investigation Abnormal Phenomena, 비정상적 현상 조사위원회)에 제출되어 있는, 이번 상황에 대한 광범위한 보고서를 뒤져 보면 될 것이다.

중요한 것은 플래트너의 오른쪽과 왼쪽이 뒤바뀌어 버린 기이한 전도 현상일 텐데, 처음 며칠 동안에는 사람들의 눈에 거의 발견되지 않았다. 칠판에 글씨를 쓸 때 오른쪽에서 왼쪽으로 써 나간 것이 그 전도와 관련되어 나타난 최초의 현상이었다. 그는 그가 처하게 된 새로운 국면에 대한 염려 때문에 눈에 확연히 드 러나기 시작한 기현상에 대해 언급을 회피한 채 숨기려고만 했 다. 심장의 위치가 뒤바뀐 사실은 그로부터 몇 달 뒤 마취를 하 고 치아를 뽑는 과정에서 발견되었다. 그제야 그는 전혀 내키지 않는 표정으로 《해부학 저널》에 실을, 그리 길지 않은 보고서를 위해 자신에 대한 일반적인 외과적 실험을 허락했다. 잡지에 게 재된 보고서는 거의 대부분 물리적인 사실 관계만을 기술하고 있기 때문에, 우리가 기대할 수 있는 것은 결국 사건 자체에 대 한 플래트너의 진술뿐이다.

여기서 꼭 말해 두고 싶은 것은, 이 이야기와 관련한 증거들 사이에 명백한 차이가 있다는 사실이다. 어떤 정황들은 형사사 건 전문 변호사도 동의할 만한 충분한 증거의 능력을 갖고 있다. 목격자들도 모두 생존해 있다. 독자들은, 만약 시간이 넉넉하다 면, 혹은 저 '존경스러운' 리제트 씨의 만행과 자신이 만족할 때 까지 몰아붙이는 반대 심문, 그리고 그가 파놓은 함정과 가슴에 품고 있는 온갖 시험들에 용감히 맞설 자신이 있다면, 그 녀석들 (목격자들)을 앞으로도 계속 추적해 나갈 수 있을 것이다. 거트프 리드 플래트너 자신만이 아니라 그의 뒤바뀐 심장과 그가 갖고 있는 세 장의 사진 역시, 원한다면 언제든 우리 앞에 모습을 드러낼 것이다. 이들은 아흐레 동안의 실종과 폭발 사건이 유관하다는 사실을 입증하는 증거로 채택될 수 있으며, 그리고 그 자세한 징황들이야 어떻든 리제트 씨를 아주 골치 아프게 만들었던 그의 돌연한 귀환과도 관련이 있다는 증거로 사용될 수 있을 것이다. 또한 마치 거울에 비춘 것처럼 좌우가 뒤바뀌어 버린 현상까지 설명해 줄 수 있을지도 모르는 일이다. 이상의 사실들은, 이미 언급했듯이, 플래트너가 아흐레 동안 온전한 상태 그대로 우리들 세계를 떠나 어떤 공간으로 내던져졌음에 분명하다는 결론을 얻어 내게 할 수도 있다. 만약 사실로 입증이 된다면 이것은 살인자들을 교수대에 매달게 만드는 대부분의 증거들보다 훨씬 강력한 증거의 힘을 갖게 될 것이다.

하지만 또 하나의 중요한 사실은 우리가 가진 것이라곤, 아흐레 동안 자신이 어디에 있었는지에 대한 플래트너 자신의 독특하고 지리멸렬하며 거의 자가당착적인 진술뿐이라는 것이다. 나는 그의 말을 부정하고 싶지는 않지만, 수많은 작가들이 애매모호한 초자연적 현상을 설명하는 데 실패했다는 사실을 지적하지 않을 수 없다. 그리고 어떤 이성적인 인간이 정상적으로 사고한다는 걸 믿을 것이냐 믿지 않을 것이냐의 문제를 놓고 여기서는 왈가왈부할 필요가 없음을 또한 말해 두고 싶다. 어떤 사실들은 아주 그럴듯하다. 하지만 어떤 사실은 통상적인 경험에 어긋난다는 점에서 믿을 수 없는 것이라는 쪽으로 기울도록 만든다. 어떤 식으로든 나는 독자들의 판단을 혼란스럽게 만들고 싶지 않으며, 따라서 나는 플래트너가 내게 해준 얘기를 그대로 옮겨 놓는다.

이미 한 얘기지만, 그는 치즐허스트에 있는 내 집에서 자신의 얘기를 털어놓았다. 그가 집을 떠나자마자 나는 깊이 생각에 빠져들었다가 기억나는 것 모두를 써 내려가기 시작했다. 그 뒤 타자기로 옮겨 적은 것을 그가 훌륭한 인격을 발휘해 처음부터 끝까지 읽어 주었으므로 내용의 정확성만큼은 부정할 수 없는 일이다.

그는 폭발이 일어나던 순간에 분명히 죽은 거라 생각했다고 말했다. 그는 두 발이 바닥에서 떨어져 높이 솟구쳐 올랐다가 맹렬한 속도로 뒤편으로 밀려나는 것을 느꼈다. 그가 뒤편으로 날아서 나가떨어지는 동안 그런 생각을 명확히 했다는 것과 화학 실험 기구가 든 찬장이나 칠판걸이에 부딪혔을지 모른다는 생각이 들었다는 그의 진술은 정신과 의사들에게는 선뜻 받아들여지지 않는 부분이었다. 어쨌든 플래트너는 발뒤꿈치가 바닥에 부딪히는 순간 현기증이 일면서 육중한 힘으로 부드럽고도 딱딱한 무언가 위에 걸터앉는 자세로 떨어져 내렸다고 했는데, 그 충격으로 인해 그는 한동안 혼절해 있었다. 그러고 나서 그는 머리카락이 타는 것 같은 냄새를 아주 생생하게 맡을 수 있었는데, 리제트 교장이 자신을 찾고 있는 목소리를 들은 것 같았다. 한동안 그의 마음이 꽤 혼란스러웠을 거라는 사실은 충분히 납득이 가는 일이다.

처음에는 자신이 여전히 교실에 서 있다는 생각이 들었다고 했다. 그는 소년들이 무척이나 놀랐고, 리제트 교장이 교실로 들어왔다는 걸 아주 또렷하게 인식할 수 있었다. 그 부분에 대해 그는 무척이나 강한 확신을 갖고 있다. 다만 그는 그들의 말소리는 들을 수가 없었는데 그건 실험으로 인해 귀가 멀어 버린 때문이라는 생각이 들었다. 자신의 주위가 이상하게도 어두컴컴하고 흐릿해진 듯했지만, 폭발로 인해 엄청난 양의 검은 연기가 일어난 때문일 거라고 그는 생각했다. 어둠침침한 안개 속에서 리제트 교장과 소년들이 움직이고 있었는데, 마치 유령처럼 흐릿하고 소리가 없었다. 자신의 얼굴은 여전히 불꽃이 일으키는 열기로 따끔따끔했다. 그는, 그의 표현에 의하면 '모든 것이 뒤죽박죽이 되어' 있었다. 맨 처음 분명하게 든 생각은 자신이 목숨을 부지하고 있다는 것이었다. 어쩌면 눈과 귀는 멀어 버렸을지도 모르겠다고 생각했다. 그는 팔다리와 몸뚱이, 그리고 얼굴을 조심스럽게 더듬어 보았다.

점차 의식이 또렷해지자, 자신의 주변에 있던 오랫동안 낯익은 책상들과 교실의 가구들이 사라져 버렸다는 것을 발견하고 놀라움에 휩싸였다. 보이는 것이라곤 어둑하고 불명확한, 회색빛의 형체뿐이었다. 그때 어떤 한 물체가 나타났는데, 그는 그것을 향해 고함을 질렀다. 무기력해져 있던 기능들이 깨어나며 즉각적으로 반응을 일으키고 있었다. 그런데 두 학생이 몸짓으로 뭔가를 말하려고 하면서 차례로 그냥 지나쳐 버리는 것이 아닌가! 하지만 플래트너가 그곳에 있다는 걸 조금이라도 눈치채는 이는 아무도 없었다. 그가 느낀 바를 상상하는 건 쉬운 일이 아니다. 그의 말에 따르면, 학생들은 그의 정면으로 다가왔는데 한 줌의 안개만큼도 힘이 느껴지지 않더라는 거였다.

그 일이 있고 나서 플래트너가 처음으로 받은 느낌은 자신이 죽었다는 것이었다. 하지만 주위의 물체들이 전해 오는 완전한 존재감과 함께 여전히 자신의 몸을 눈으로 볼 수 있다는 사실에 그는 놀라지 않을 수 없었다. 그래서 그가 내린 결론은 자신이 죽지 않았다는 것이다. 대신 다른 사람들이 죽은 것이다. 폭발로 인해 서섹스빌 사립학교가 파괴되어 버렸고, 자신을 제외하고 학교 안에 있던 모든 사람들이 죽어 버린 것이다. 하지만 그 생각 역시 결코 만족스럽지가 않았다. 그는 다시 충격에 휩싸인 채 주위를 살펴보기 시작했다.

모든 것이 깊은 암흑 속에 던져져 버렸다. 칠흑 같은 어둠 속에 완전히 갇혀 버린 것 같다는 것이 그에게 맨 처음 든 생각이었다. 머리 위에는 검은 하늘이 천장처럼 드리워졌다. 그곳에 존재하는 오직 하나의 빛은 검은 하늘 한 모서리에서 일렁이고 있는, 초록색을 띤 희미한 빛줄기였다. 그것은 빛줄기를 머금은 채

물결처럼 흔들리는 검은 산의 윤곽을 띠고 있었다. 아마도 그것은 그의 시야에 잡힌 최초의 광경이었을 것이다. 그의 눈이 차츰 어둠에 익숙해지면서 그는 주위를 둘러싸고 있는 밤의 어둠과 초록색의 빛이 대비되고 있는 어떤 희미한 정경을 구분하기 시작했다. 그것은 어쩌면 교실의 가구들과 거기에 있는 사람들이 마치 인광을 내뿜는 유령처럼 희미하고 불확실한 배경을 이루고 있었던 것일지도 모른다. 그가 손을 뻗자, 너무도 쉽사리 교실 벽을 뚫고 들어가 벽난로에 닿았다.

그는 주의를 집중하기 위해 필사적으로 노력하고 있던 중이라고 당시를 표현했다. 그는 리제트 교장을 향해 고함을 질렀고, 이리저리 왔다 갔다 하고 있던 소년들을 붙들기 위해 애를 썼다. 그가 이 모든 시도들을 포기해 버린 것은, 그가 (보조 교사로서) 싫어할 수밖에 없는, 리제트 교장의 부인이 교실로 들어왔을 때였다. 그는 끔찍하도록 싫은 사람만큼 존재감을 확연히 드러내는 것은 없다고, 자신은 그런 사람이 전혀 아니라는 듯 말했다. 그는 전혀 거리낌 없이 그런 자신의 느낌을, 창밖으로 쥐를 지켜보고 있는 고양이에 비유했다. 그는 자신을 둘러싸고 있던 흐릿하지만 낯익은 세계와 소통을 하려고 행동을 취할 때마다 자신을 가로막고 있는, 보이지 않는, 이해할 수 없는 어떤 장벽을 발견했다.

그는 자신을 둘러싸고 있는 견고한 장벽을 향해 신경을 곤두

세웠다. 그는 자신의 손아귀에 약병이 깨지지 않은 채로 쥐어져 있다는 사실을 알았다. 병 안에는 아직 녹색의 가루가 남아 있었다. 그는 주머니에 그것을 집어넣고는 자신에 대해 다시금 집중하기 시작했다. 그는 벨벳 같은 이끼가 덮인 커다란 바위 위에 걸터앉아 있는 게 분명했다. 그는 (아마도 차가운 바람이 불어오고 있던 탓인지) 발 아래로 깎아지른 벼랑이 놓인 산정 부근에 앉아 있다는 느낌이 들었다. 검은 하늘의 가장자리를 따라 비치고 있던 녹색의 빛은 점점 넓어지고 짙어지는 것 같았다. 그는 눈을 비비며 몸을 일으켰다.

그는 비탈을 따라 몇 발자국을 내딛었는데 곧 넘어질 듯 현기증이 일어 새벽이 올 때까지 기다리기로 했다. 그리고 뾰족하게 솟은 바위 위에 다시 걸터앉았던 것 같았다. 그는 자신을 둘러싼 세계가 완전히 침묵에 싸여 있다는 것을 확연히 깨달았다. 차가운 바람이 산 정면으로 불어서 풀들이 바스락거리고 나뭇가지들이 살랑거리고 있었지만, 그런 소리들조차 어둠이 삼켜 버리는 것이었다. 그가 만약 앞을 볼 수 없는 사람이었다면, 그렇기 때문에 오히려 그는 자신이 있는 곳이 외따로 떨어져 있는 바위라는 사실을 소리로 파악해 낼 수 있었을지 모른다.

매 순간 초록빛은 점점 더 밝아지면서, 투명한 핏빛처럼 붉은 것이 머리 위의 검은 하늘과 그를 둘러싼 우뚝한 바위의 형상과 뒤섞였다. 하지만 여전히 흐릿하기는 마찬가지였다. 시간적인 흐름을 감안해 보면, 붉게 보인 것은 아마도 색깔의 대비에 따른 시각적인 차이 때문이었을 것이다. 뭔가 검은 것이 차츰차츰 어두운 황록색을 띤 하늘 낮은 곳에서 펄럭거리는 것 같더니, 희미하긴 하지만 날카로운 종소리가 그의 발아래 검은 구덩이로부터 솟구쳐 올라오고 있었다. 짙은 희망이 점차 강해지는 빛과 함께 자라나고 있었다.

그가 거기에 한 시간 이상이나 앉아 있는 동안 기묘한 초록빛이 천천히 퍼지더니 순간순간 가지를 뻗으며 활활 타오르듯 밝아지다가 하늘을 향해 치솟아 오르더라는 얘기는 그럴듯하게 들렸다. 빛이 밝아짐에 따라 드러나는 우리들 세상은 비교적, 혹은 완전히 희미해져 버렸다. 이 두 가지 상반된 현상은 그 시간 동안 우리들 세상에서 틀림없이 일몰이 진행되고 있었기 때문일 것이다. 산비탈로 몇 걸음을 떼었다는 것은 플래트너가 교실의 마룻바닥을 지나서 널따란 교실에서 아래로 내려가는 계단의 중간쯤에 앉아 있었다는 얘기일지도 모른다. 그는 기숙사 아이들이 또렷하게 보이긴 했지만 리제트 교장을 보았을 때에 비하면 현저하게 흐릿해져 있었다. 그들은 저녁 과제를 예습하고 있었는데 그는 흥미롭게 그들을 지켜보았다. 여러 명이 답지를 보고서 유클리드 기하학 문제들을 풀고 있었는데, 이제껏 그런 식으로 커닝을 했었다고는 생각지도 못한 일이었다. 시간이 지남에 따라 초록빛 여명이 더욱 밝아지기 시작했고, 그에 따라 그들의 모습도 천천히 지워져 갔다.

벼랑 아래로 눈길을 돌렸을 때, 그는 바위가 있는 아래쪽 먼 곳에서 불빛이 피어오르는 것을 보았는데, 마치 반딧불이의 꽁무니에서 뿜어져 나오는 것 같은 초록빛이 점차 밝아짐에 따라 거대한 구덩이 속의 짙은 어둠이 깨져 나가고 있었다. 그러곤 곧바로, 타오르는 것 같은 엄청나게 거대한 녹색의 몸체가 초록빛과 불그레한 기운을 띤 짙은 검정색이 뒤얽힌 그림자 속에서 파도처럼 현무암으로 된 아득한 산 너머로 불쑥 솟구쳐 올랐다. 그를 둘러싸고 있는 거대한 산들은 황량하고 적막한 모습으로 다가왔다. 그는 엄청난 양의 공 모양을 한 물체들이 높다랗게 솟은 땅 위에 마치 엉겅퀴의 관모처럼 가볍게 떠다니고 있는 것을 보았다. 이것들은 모두 그의 가까이가 아니라 계곡 맞은편에 있었다. 종소리는 아래쪽으로 점점 더 빠르게 울려 퍼졌고, 참을성 없이 고집을 피우는 것 같은 여러 개의 불빛들이 이리저리 움직였다. 책상에서 공부를 하고 있던 소년들의 모습은 이제 거의 알아볼 수 없을 정도로 희미해졌다.

플래트너의 주장대로라면, 우리와는 다른 세계의 초록빛 태양이 떠올랐을 때 우리들 세상은 사멸해 갔다는 얘기가 된다. 반대로 '다른 세계'에 밤이 진행되고 있는 동안 우리들 세상은 선명하게 보이는데, 다른 세계에 속한 그로서는 활동하기가 곤란할 것이다. 만약 이게 사실이라 해도, 이 세상에 속해 있는 우리가 '다른 세계'의 어떤 흐릿한 것조차 감지해 낼 수 없는 이유는 여전히 수수께끼다. 어쩌면 그건 우리들 세상이 갖고 있는 상대적으로 생생한 밝음 때문일지도 모른다. 플래트너가 묘사한 바로는, 가장 밝은 것이라 해도 '다른 세계'의 한낮은 우리들 세상에서 보름달이 떴을 때의 밝기에도 미치지 못한다는 것이고, 밤은 칠흑처럼 깜깜하다고 했다. 결국 어지간한 빛으로도, 심지어 보통의 어두운 방의 밝기만으로도 '다른 세계'의 사물들이 보이도록 하는 데는 충분하다는 것이다.

같은 논리로 희미한 인광조차 극도로 깜깜한 암흑 속에서는 보일 수 있다는 얘기가 된다. 그로부터 이 얘기를 들은 뒤에 나는 한밤중에 사진가의 암실로 들어가 오랫동안 앉아서 '다른 세계'의 무언가를 보려는 시도를 해보았다. 어쩔 수 없이 시인할 수밖에 없는데, 나는 녹색을 띤 비탈과 바위의 형태를 가진 희미한, 정말이지 희미한 뭔가를 볼 수 있었다. 독자들도 시도를 해본다면 충분히 성공할 가능성이 있을 것이라고 나는 생각한다. 플래트너는 이 세상으로 귀환한 뒤 '다른 세계'에 존재하는 꿈을 꾸었고, 그 세계를 보았으며, 그 세계를 확인했노라고 내게 말했다. 하지만 그것은 어쩌면 실종되었을 당시에 그가 보았다고 여기는 것들에 대한 기억 때문일지도 모른다. 유별나게 예민한 시각을 갖고 있는 사람들이라면 지금 우리가 얘기하고 있는 이 이상한 '다른 세계'를 얼핏이나마 감지할 수 있을 가능성은 충분히 있다.

하지만 이건 어디까지나 가능성이지 사실이라고 단언하는 건 아니다. 본론으로 돌아가서, 녹색의 태양이 떠올랐을 때 플래트너는 검은 건물들이 길게 늘어서 있는 거리를 식별할 수 있게 되었다. 비록 어둠에 묻힌 구덩이인 데다 불분명하긴 했지만, 여러 번 망설인 끝에 그는 그곳을 향해 가파른 내리막길을 기어 내려가기 시작했다. 유별나게 가파르다는 사실뿐만 아니라 산 전체를 덮고 있는 거대한 바위들을 정확히 파악할 수 없다는 사실 때문에 내리막길은 유난히 길고 지루하게 이어졌다. 내리막길을 기어서 내려가는 동안 들려온 소음은 — 이따금 바위에서 뿜어져 나오는 불길에 뒤꿈치가 데이기도 했다 — 더 이상 종소리가 들려오지 않았기 때문에 '그 우주'에서 들을 수 있는 유일한 소리였다. 점점 바닥 가까이로 내려오자 다양한 형태의 건축물들이 그의 눈에 들어왔는데, 어떤 것은 무덤, 어떤 것은 영묘靈廟, 어떤 것은 기념비를 빼닮았다. 그들 모두는 대부분의 분묘들처럼 하얗지가 않고 한결같이 검은빛을 띠었다. 그러던 어느 순간, 마치 엄청난 숫자의 사람들이 교회를 빠져나오듯 가장 큰 건물로부터 차디차고 둥근 모양의 파리한 녹색 형상들이 쏟아져 나오는 것을 보았다. 이들은 널따란 길을 따라 여러 갈래로 흩어져 버렸는데, 몇몇은 길가의 좁은 골목을 통해 또다시 나타난 언덕의 내리막을 따라 내려갔고, 어떤 무리들은 길을 따라 줄지어 서 있는 몇 개의 조그만 검정 건물들 안으로 들어갔다.

흔들리며 떠다니고 있던 것들이 그의 시야에 들어왔을 때 플래트너는 걸음을 멈춘 채로 그것들을 응시했다. 그들은 걸어 다니는 것이 아니었다. 팔다리가 없고 사람 머리의 형상만 있어서 마치 올챙이가 움직이는 것 같았다. 그는 그 낯설음에 또다시 놀라지 않을 수 없었는데, 정말이지 그 광경은 너무도 충격적이어서 미처 그들을 경계해야겠다는 생각조차 하지 못하게 만들었다. 그들은 마치 바람에 날려 가기 전의 비누 거품처럼 산정을 향해 불고 있던 차가운 바람을 정면으로 맞으면서 플래트너를 향해 달려들고 있었다. 달려드는 무리들 중 가장 가까이에 있는 형상을 보았을 때 그는 비정상적으로 큰 눈을 가지고 있음에도 불구하고 그것이 실제 사람의 머리라는 것을 알 수 있었다. 그것은 이제껏 한 번도 본 적이 없는, 곧 숨이 끊어질 사람처럼 고뇌와 비통으로 얼룩진 사람의 얼굴이었다. 그는 그것이 자신을 의식하고 돌아가지는 않았지만 실체를 파악할 수 없는 어떤 움직이는 물체를 주시하며 그 뒤를 따라가고 있는 것처럼 느껴져서 놀라웠다. 그 순간 그는 혼란에 빠지고 말았는데, 이어 그가 막 남겨 놓고 떠나온 세계에서 일어나고 있는 뭔가를 그 생명체가 엄청나게 큰 눈으로 살펴보고 있다는 생각이 들었다. 그 형상이 점점 가까이 다가왔을 때 그는 너무도 겁에 질려 비명을 지르고 말았다. 그 형상은 그에게로 바짝 다가와 아주 약한 신음 소리를 뱉어 냈다. 그러고는 플래트너의 얼굴을 살짝 건드리듯 부딪치더니 — 그 촉감은 무척이나 차가웠다 — 그를 지나 산꼭대기를 향해 빠르게 올라갔다.

　그가 본 생명체의 머리가 리제트 교장의 그것과 너무도 닮았다는 이상한 확신이 플래트너의 뇌리를 스치고 지나갔다. 그는 산 쪽으로 무리를 지어 몰려가고 있던 다른 머리들로 주의를 돌렸다. 그 어떤 것도 그를 의식하고 있다는 최소한의 기미도 없었다. 사실 한둘 정도가 그의 얼굴 가까이로 다가온 것이 처음으로 그를 따라붙은 경우이긴 했지만, 그는 무서움에 떨며 길 밖으로 몸을 돌려 버렸다. 그들 대부분의 얼굴은 플래트너가 첫 번째로 보았던 형상에 드러나 있던 것과 똑같이 상실감과 후회로 가득한 표정을 짓고 있었다. 그들은 또한 하나같이 슬픔에 깃든 연약한 흐느낌을 흘리고 있었다. 한둘 정도는 울음을 터뜨리기도 했고, 빠르게 언덕 위로 굴러가던 한 형상은 거칠게 분노를 터뜨렸다. 하지만 다른 것들은 냉정했고, 대부분은 어떤 만족스러움이 눈에 가득 깃들어 있었다. 적어도 하나 정도는 거의 절정에 다다른 행복감을 느끼고 있는 것 같았다. 당시에 그가 보았던 것들은 플래트너로서는 이제껏 어디서도 경험하지 못한 것이었다.

　구덩이에 밀집한 검은 건물들 밖으로 튀어나와 얼마 있지 않아 산 너머로 사라져 버린, 이제 모두 빠져나온 듯 더 이상 건물 밖으로 나오지 않는 그 이상한 형상들을, 아마도 플래트너 꽤 여러 시간 지켜보고 있었던 것 같았다. 그러고 나서 그는 비탈을 따라 다시 내려가기 시작했다. 그를 둘러싼 어둠이 더 많이 짙어져 있었으므로 그는 제대로 걸어 내려가기가 어려웠다. 머리 위의 하늘은 이제 밝고 창백한 녹색을 띠었다. 처음엔 느끼지 못하던 배고픔과 목마름을 느끼게 되었을 때, 그는 차가운 냇물이 계곡 사이를 흘러가고 있다는 사실을 알았다. 그는 절망에 빠져 허기를 달랠 것을 찾아보았는데, 큰 바위에 덮인 진기한 이끼는 먹을 만했다.

그는 자신에게 벌어진 믿기지 않는 일들을 이해할 수 있는 어떤 실마리를 막연히나마 찾기 위해 구덩이 아래로 뻗어 있는 무덤 사이를 더듬어 나갔다. 오랜 시간이 지난 후 그는 머리 모양들이 돌출되어 있는 거대한 영묘처럼 생긴 건물의 입구에 다다랐다. 그 안에서 그는 현무암의 제단 위에서 타오르고 있는 한 무리의 녹색 불빛과 꼭대기에 매달린 종탑에서 건물의 중앙으로 길게 내려뜨려진 줄을 발견했다. 벽 둘레에는 불로 지진 글씨들이 새겨져 있었는데, 그로서는 해독할 수 없는 문자였다. 자신의 주위에 있는 것들이 무언지를 파악하기 위해 헤매고 있는 동안, 거리 아래쪽 멀리서 쿵쾅거리며 물러나고 있는 무거운 발걸음 소리가 메아리를 치며 울려 오는 것을 그는 들을 수 있었다.

그는 다시 어둠 속으로 달려 나가 보았지만 아무것도 볼 수가 없었다. 그는 그 발걸음 소리를 따라가야겠다고 마음먹고 종과

연결되어 있는 줄을 당긴 뒤에 꽤 멀리 달려갔음에도 불구하고 그들을 따라잡을 수는 없었다. 고함을 질러 보기도 했지만 아무 소용이 없었다. 구덩이는 끝도 없이 퍼져 있는 것만 같았다. 벼랑의 위쪽 가장자리를 따라 창백한 녹색의 태양이 떠 있는 모양은 우리들 세계로 치면 아득히 먼 별빛만큼이나 어두웠다. 더 아래쪽을 봐도 더 이상 머리를 가진 형상들은 보이지 않았다. 아마도 그들은 모두 서둘러 오르막을 점령한 것 같았다. 위를 올려다본 그의 눈에 이리저리 움직이는 그들의 모습이 보였다. 몇몇은 공중에 맴을 돌며 멈추어 있었고, 또 몇몇은 허공을 가르며 빠르게 날아갔다. 그가 표현한 바에 따르면, 그것은 그에게 '거대한 눈보라'를 연상시켰다. 오직 그들만이 흐릿한 암녹색을 띠고 있을 뿐이었다.

도저히 따라잡을 수 없을 정도로 견고하고 길 밖으로 벗어나지 않는 걸음을 좇으면서, 그리고 끝도 없이 이어지는 악마의 수로로부터 새로운 지역을 찾아 더듬으면서, 또한 무자비한 높이를 기어오르고 내리면서, 산정 주변을 헤매면서, 떠다니는 형상들을 지켜보면서, 이레나 여드레쯤 되는 날들을 보내면서, 플래트너는 가장 멋진 시간을 맞이하게 되었다고 말했다. 그의 말에 따르면, 그는 날짜를 세지 못했다. 또한 한두 번 자신을 지켜보고 있는 눈동자를 발견하긴 했지만 그는 살아 있는 사람과 말을 해보지도 못했다. 그는 산비탈의 바위들 사이에서 잠을 청했으며, 계곡 안에서는 지상의 사물들을 볼 수가 없었다. 지상은 그곳에서는 아득히 먼 지하세계에나 존재하고 있기 때문이었다. 지상에서 하루가 시작되면 곧바로 그 높은 곳에 있던 그에게 세상은 모습을 드러내기 시작했다.

그는 가끔 어두운 녹색의 바위들 위를 비틀거리며 걷고 있거나 가파른 벼랑에 막혀 버린 자신의 모습을 발견하곤 했다. 그런가 하면 서섹스빌의 여러 개로 갈라진 도로들이 그의 주위에서 흔들거리는 것 같기도 했고, 그 자신이 서섹스빌의 거리들을 걷고 있는 것처럼 보이기도 했다. 가끔은 전에는 본 적이 없는 가내공업의 현장을 보고 있는 듯한 기분도 들었다. 그때 그가 발견한 것은, 얼굴의 형체만을 가지고 이 세계를 떠돌아다니는 존재들 중 몇몇은 우리들 세계의 거의 모든 인간들을 관장하고 있다는 사실이었다. 즉, 이 세계에 속한 모든 형상들이 이따금 육체를 떠나 힘없이 떠돌아다니면서 뭔가 관찰을 하고 있는 듯했다.

그들은, 그 '관찰자'들은 누구였을까? 플래트너로선 알 수 없는 일이었다. 하지만 오래지 않아 그는, 그가 발견된 것과 그를 따라다니던 두 개의 형상이 자신의 기억 속에 남아 있던 어린 시절의 아버지와 어머니를 닮았다는 사실을 알아냈다. 이따금 다른 얼굴들도 그를 향해 눈길을 돌리곤 했다. 그 눈동자들은 그에게 큰 영향을 끼쳤던, 혹은 그를 가슴 아프게 했던, 혹은 어린 시절과 성인이었을 때의 그를 도와주었던, 지금은 죽은 사람의 그것과도 닮아 있었다. 그들이 그를 바라볼 때마다 플래트너는 가슴을 무겁게 짓누르는 이상한 자책감을 느꼈다. 용기를 내서 자신의 어머니로 보이는 형상에게 말을 걸기도 했다. 하지만 그녀는 아무런 대답도 없었다. 그녀는 슬프게, 굳건하게, 그리고 부드럽게 — 하지만 조금은 나무라는 듯 — 그의 눈을 응시할 뿐이었다.

이 이야기를 할 때의 그는 전혀 꾸밈이 없었다. 그는 애써 설명하려고 하지도 않았다. 그와 나는 그 '관찰자'들의 정체가 무엇인지, 혹은 그들이 실제로 죽은 자라면 왜 그토록 가까이에서 그들이 남겨 놓고 떠난 세계를 열정적으로 지켜보고 있었던 것인지에 대해서는 일단 판단을 유보했다. 어쩌면 — 사실 순전히 내 생각일 뿐이지만 — 우리는 우리가 죽고 난 뒤에도, 선과 악이 더 이상 우리가 선택할 대상이 아닐 때에도, 우리 앞에 놓이게 되는 수많은 사건들이 어떻게 되어 가는지를 여전히 지켜보게 될지도 모른다. 인간의 영혼이 만약 죽음 뒤에도 계속된다면, 우리의 관심은 죽음 이후에도 지속될 것이 틀림없다. 하지만 이건 어디까지나 플래트너가 보았던 것들이 무슨 의미를 가지고 있는지에 대한 나 자신의 추측일 뿐이다. 플래트너는 어떤 판단도 하지 않는다. 또한 그 누구도 그에게 판단하도록 하지 않는다. 이건 결국 독자가 이해해야 할 문제인 것이다.

몇 날이 지나고, 현기증을 느끼며, 지친 몸으로, 쇠약하고 허기진 상태에서, 어떤 끝을 향해 그는 세상 밖의 세상을 비추는 그 이상한 불빛을 좇아 헤매 다녔다. 해가 떠 있을 때, 그러니까 우리들 지상에 해가 떠 있는 날에는 세월의 때가 묻은 서섹스빌의 낯익은 풍경이 나타났고, 그의 주변에 있는 모든 것들이 유령처럼 그를 짜증나게, 그리고 두렵게 만들었다. 그는 자신의 두 발이 어디에 놓여 있는지 볼 수가 없었다. 이따금 '관찰자의 영혼' 중 하나가 그의 얼굴에 서늘하게 와 닿곤 했다. 그리고 어둠이 내린 뒤에는 그를 둘러싼 수많은 '감시자'들이, 그리고 그들의 빽빽하게 얽힌 고통들이 형언하기 힘들 정도로 그의 마음을 어지럽혔다. 너무도 가까이 있으면서도 여전히 멀기만 한 우리들 세계의 삶으로 돌아가고픈 엄청난 갈망이 그를 짓눌렀다. 그를 둘러싸고 있는 것들이 풍기는 이질감은 엄청난 정신적 고통과 슬픔을 가져다주었다. 또한 그는 자신을 따라다니는 이상한 추적자들로부터 표현할 수 없을 정도의 두려움을 느꼈다. 그는 자신을 쳐다보지 말라고 그들을 향해 고함을 질렀고, 그들에게 욕설을 퍼부었고, 그들로부터 도망치려고 했다. 그때마다 그들은 아무 소리 없이 그를 응시할 뿐이었다. 울퉁불퉁한 길을 내달리고 달렸지만, 그들은 운명처럼 그를 따라붙었다.

아흐레째 날이 저물어 가고 있었다. 플래트너는 계곡 아래쪽 멀리로 보이지는 않았지만 발걸음 소리가 다가오는 것을 들었다. 그가 그 이상한 '다른 세계'로 들어가는 입구로 떨어졌을 때와 마찬가지로 널따란 산정을 헤매고 있을 때였다. 조급한 마음에 허둥거리며 그는 계곡 아래로 급히 방향을 틀었고, 학교 부근의 후미진 골목길에 있던 어느 집의 방에서 벌어진 어떤 일에 사로잡혔다. 그 방에는 두 사람이 있었는데, 아는 얼굴이었다. 창문들은 열려 있고, 햇빛 가리개도 위로 말려 올라가 있어서 햇볕이 거칠 것 없이 비쳐 들었다. 그래서인지 직사각형 모양의 방이 처음에는 검은 풍경과 짙은 녹색의 여명 위로 마치 환등기를 비춘 그림처럼 무척이나 또렷하게 모습을 드러냈다. 햇볕 외에도 촛불 하나가 방 안에 막 켜지고 있었다.

침대 위에는 비쩍 마른 남자 하나가 죽은 사람처럼 소름 끼치도록 파리한 얼굴을 베개 위에 올려놓은 채로 누워 있었다. 침대 곁의 조그만 탁자에는 약병 몇 개와 토스트, 물, 그리고 빈 유리잔이 놓였다. 이따금 그 마른 남자의 입술이 떼어지곤 했는데, 무슨 말인가를 하는 듯했지만 한마디도 알아들을 수는 없었다. 남자 곁에 있는 여자는 남자가 뭘 원하는지 알지 못했는데, 방 맞은편 구석에 놓인 서랍이 달린 구식 책상에서 서류들을 찾느라 정신이 없었기 때문이었다. 그 장면들은 처음에는 굉장히 또렷했지만, 녹색의 여명이 점점 밝아짐에 따라 흐릿해지기 시작하더니 나중엔 아주 투명하게 사라져 버렸다.

쿵쿵 울리는 발걸음 소리들이 점점 가까이 다가왔다. '다른 세계'에는 그토록 커다랗게 울리는 발걸음 소리라도 우리들 세계에서는 하나도 들리지 않았다. 방 안에 있는 두 사람을 관찰하고 있던 플래트너는 어둠과 함께 엄청난 무리의 흐릿한 얼굴들이 몰려와 자신을 둘러싸고 있다는 사실을 알아차렸다. 이전에는 그렇게 많은 '관찰자'들을 결코 본 적이 없었다. 그 수많은 시선들은 오직 방 안의 환자에게 쏠려 있었다. 다른 무리들은, 결코 찾을 수 없는 뭔가를 찾으려고 하는 그녀의 눈만큼이나 탐욕스러운 눈으로 그녀를 관찰하고 있었다. 그 눈에는 고통이 넘쳐 흘렀다. 그들은 플래트너의 주변에 우글우글 모여 있었는데, 우연히 눈길이 마주치기도 하고 그의 얼굴에 부딪치기도 했으며 하릴없이 넋두리를 중얼거리기도 했다. 가끔은 그들의 형상이 또렷하게 보이는 때도 있었다. 하지만 대부분은 녹색의 장막에 비친 것처럼 흐릿하게 흔들릴 뿐이었다.

방 안은 아주 조용했다. 하지만 촛불의 불꽃이 연기와 완벽한 수직선을 이루며 타오르는 그 소리가 마치 천둥이 치는 것처럼 들려왔다고 그는 말했다. 그리고 얼굴들이 있었다! 방 안에 있는 여자와 아주 가까운 곳에 두 개의 얼굴이 있었는데, 그중 희고 윤곽이 또렷한 한 얼굴은 처음엔 차갑게 굳은 듯 보였지만 우리들 세계에서는 보기 드문 지혜로운 표정의 부드러운 인상을 갖고 있었다. 다른 하나의 얼굴은 그 여자의 아버지일 게 틀림없었다. 두 얼굴은 혐오스러운 열등감에서 비롯된 여자의 행동에 대해 깊이 생각하고 있음이 분명했다. 그래서 그들은 더 이상 그녀를 보호하거나 지켜 줄 수가 없다고 생각한 모양이었다. 그들 뒤편에, 아마도 그녀에게 별로 좋은 걸 가르치지 못한 선생인 듯 보이는 사람의 얼굴과 그녀에게 좋은 영향을 끼치지 못한 친구들인 듯 보이는 얼굴들이 있었다.

또한 침대에 누워 있는 남자 너머에도 역시 한 무리의 형상들이 있었는데, 그 누구도 부모이거나 선생인 것 같지는 않았다! 그 얼굴들은 한때는 상스러운 것이었을지 모르지만, 이제는 슬픔의 힘에 의해 정화되어 있었다. 맨 앞쪽의 한 얼굴은 여자아이처럼 생겼는데, 분노도 후회도 없는, 하지만 인내와 권태는 남아 있는, 마치 플래트너가 그렇게 할 수 있기라도 하다는 듯, 구원을 기다리고 있는 표정이었다. 그가 가진 묘사력으로는 한 무리의 어두운 얼굴들에 대한 기억을 풀어놓는 데에 한계가 있다. 그들은 종소리가 울리자 눈살을 찌푸렸다. 그는 '제2의 공간'에서 그들 모두를 보았다. 플래트너는 너무도 흥분한 나머지 떨리는 손으로 자기도 모르는 사이에 주머니에서 녹색 가루가 든 약병을 꺼내서는 자기 앞에다 들어 올린 모양이었다. 하지만 그는 그 사실을 기억하지 못했다.

갑자기 발걸음 소리가 멎었다. 그는 다음 순간을 기다렸지만, 침묵만이 이어질 뿐이었다. 그러다 느닷없이 날카롭고 얇은 검으로 예기치 못한 침묵을 베어 내는 첫 타종 소리가 들려왔다. 엄청난 숫자의 얼굴들이 이리저리 흩어지더니, 커다란 비명이 그를 둘러싼 채로 터져 나오기 시작했다. 하지만 여자는 아무 소리도 듣지 못하는 것 같았다. 그녀는 촛불에다 뭔가를 태우고 있었다. 두 번째 타종이 울리자 모든 것이 흐릿해졌고, 얼음처럼 차가운 한 줄기 바람이 관찰자 무리를 관통하며 불어왔다. 그들은 봄바람에 살랑이는 마른 나뭇잎처럼 그의 주위를 맴돌았다. 세 번째 타종 소리가 울리자 알 수 없는 뭔가가 그들을 지나 침대까지 퍼져 갔다. 당신은 빛줄기가 소리를 지르며 뻗어 나가는 것을 본 적이 있을 것이다. 어두운 한 줄기의 빛을 지켜보면서 플래트너는 그것이 어둠에 싸인 팔과 손이라는 것을 깨달았다.

마침내 녹색의 태양이 황량한 검은 지평선 위로 떠올랐고, 방의 모습은 더욱 희미해져 갔다. 플래트너는 침대 시트가 심하게 흐트러져 있는 것을 볼 수 있었다. 그는 경련을 일으키며 몸을 떨었고, 여자가 고개를 돌려 주위를 둘러보더니 화들짝 놀랐다.

구름 떼처럼 무리를 지은 관찰자들이 바람이 불면 불려 가는 녹색의 먼지처럼 높이 솟구쳐서는 계곡의 사원을 향해 빠르게 쓸려 내려갔다. 그때 갑자기 플래트너는 그림자가 짙게 드리운 검은 팔이 자신의 어깨 너머로 손을 뻗은 채 포획물을 꽉 움켜쥐고 있다는 사실을 깨달았다. 하지만 그는 감히 고개를 돌려 팔 뒤편에 있는 '그림자'를 확인할 자신이 없었다. 그는 젖 먹던 힘을 다해, 눈을 꾹 감은 채로, 자신이 뛸 수 있는 최대한의 속도로 스무 걸음쯤 내달렸다. 그 순간 그는 거대한 바위 위에서 미끄러져 아래로 곤두박질쳤다. 그의 몸이 앞으로 쏠리면서 자신의 손 위로 넘어졌고, 바닥에 닿는 순간 병이 뭉개지면서 폭발해 버렸다. 그다음 순간, 그는 정신이 가물가물한 상태로 피를 흘리며 학교 뒤편에 있는, 담으로 둘러싸인 오래된 정원에 리제트 교장과 얼굴을 맞댄 채로 주저앉아 있었다.

* * *

플래트너가 경험한 이야기는 여기까지다. 나는 결국은 신뢰를 저버리지는 않지만, 이런 종류의 사건들에 자연스럽게 옷을 입히는 소설가들의 창작 태도에 얼마간 불만을 가지고 있었으므로 가능한 한 플래트너가 내게 들려준 그대로를 서술하려고 노력했다. 또한 문체나 의미, 혹은 구성 따위를 자의적으로 바꾸려는 어떠한 시도도 하지 않도록 주의를 기울였다. 예를 들어, 임종 장면의 경우 플래트너가 표현한 그대로 기술하는 것이 가장 손쉬운 방법이었다. 하지만 실제로 일어났다고는 하지만 보통은 일어나기 힘든 대부분의 독특한 이야기들은 조작의 의혹을 떨쳐 버릴 수가 없는 법인데, 그런 진부한 방법들은 이야기를 망쳐 놓기 십상이다. 그런 점에서 어둠의 세계가 의미하는 것, 희미한 녹색의 환영들, 우리의 눈에는 보이지도 않고 가까이 할 수도 없는 '떠돌이 관찰자들' 같은 경우는 그대로 기술하기가 쉽지 않은 일이었다.

플래트너가 우리들 세계로 귀환하던 그 순간에 학교 정원 바로 너머에 있는 빈센트 테라스에서 실제로 사망 사건이 일어났었다는 것을 덧붙이는 바이다. 이는 충분히 증명 가능한 사실이다. 죽은 사람은 요금 징수원이자 보험회사 직원이었다. 그보다 나이가 한참이나 어린 미망인은 지난달에 얼비딩의 수의사 윔퍼 씨와 재혼했다. 여기에 나온 이야기의 일부가 서섹스빌 안에서 입에서 입으로 전해지는 동안, 그녀는 전 남편의 마지막 순간에 대한 플래트너의 시시콜콜한 모든 설명들에 대해 자신이 전적으로 동의하지 않는다는 사실을 내가 충분히 납득하고 있다는 전제하에, 내가 자신의 이름을 사용하는 것에 동의했다. 그녀의 말에 따르면, 비록 플래트너가 자신의 행위를 전혀 비난하지는 않았지만 자신은 절대로 유언장을 태운 적이 없다고 했다. 그녀의 전 남편은 단 한 장의 유언장만을 만들었는데, 그들이 결혼한 직후였다고 한다. 분명한 것은 플래트너가 그것을 전혀 본 적이 없다는 사실이다. 또한 기이하게도 방에 놓인 가구에 대한 플래트너의 설명이 너무도 정확했다는 것이다.

다른 하나를 덧붙이자면, 지루하게 반복하는 것이긴 하지만, 나는 뭔가를 곧이곧대로 믿는 사람도 아니고 미신 같은 걸 좋아하는 사람도 아니라는 점이다. 내 판단으로는, 아흐레 동안 플래트너가 우리들 세계로부터 사라진 것은 자명한 일이다. 하지만 그렇다고 그의 이야기가 사실로 입증된 것은 아니다. 다만, 외계에 대한 환상이 환상만이 아닐 수 있다는 사실을, 적어도 독자들은 마음속 깊이 새겨 두어야 할 것이다.

고 엘비스햄 씨 이야기

The Story of the Late Mr. Elvesham

내가 이 이야기를 쓰는 것은, 독자들이 믿어 줄 것 같지는 않지만, 이것이 다음 희생자를 위한 탈출의 방법이 될 수 있을 거라는 기대 때문이다. 그에게는 어쩌면 나의 불행이 이득이 될 수도 있을 것이다. 나에겐 이제, 아무리 궁리를 해봐도 희망이 없다. 그리고 나는 지금 얼마큼은 내 운명과 마주할 준비가 되어 있다.

내 이름은 에드워드 조지 이든, 스태퍼드셔 주의 트렌텀에서 태어났다. 아버지는 그 지역의 여러 정원들을 돌보는 정원사였다. 세 살 때 어머니를 잃었고, 다섯 살 때 아버지마저 돌아가셨는데, 그때 조지 이든 삼촌이 나를 입양했다. 독신이었던 삼촌은 자수성가해서 버밍엄에서는 진보적인 저널리스트로 이름이 알려진 분이었다. 삼촌은 내게 풍부한 교육의 기회를 마련해 주었고, 세상에서 성공하기 위해 내 야망을 불태우도록 했으며, 사년 전 돌아가실 땐 당신의 전 재산을 내게 물려주었다. 대략 500파운드에 달하는 유산은 나의 새 출발을 위한 자금이 되어 주었다. 내 나이 열여덟 살 때의 일이었다. 삼촌은 내게 공부를 마치는 데 아끼지 말고 돈을 쓰라는 유언을 남겼다. 나는 이미 의학을 공부하기로 결정한 상태였고, 삼촌의 유산과 배려에다 장학금 경쟁에서도 행운이 따라 주어 런던에 있는 대학의 의과 대학생이 될 수 있었다.

내 이야기는 이 무렵에 내가 살게 된 대학로 11번 가의 조그만 이층 방에서 시작된다. 방 안의 가구들은 초라했고, 외풍이 심했으며, 슐브레드의 건물들 뒷모습이 내려다보이는 곳이었다. 이 조그만 방에서 나는 숙식을 모두 해결했는데, 동전 한 푼이라도 내 재산을 축내선 안 된다는 걱정에 늘 사로잡혀 있었기 때문이었다.

내 인생을 속절없이 혼란에 빠뜨리게 만든 누르께한 얼굴의 왜소한 체구를 가진 한 노인과의 첫 만남이 이루어지던 순간, 나는 토트넘 궁로宮路에 있는 신기료장수에게 수선을 맡겼던 구두를 손에 들고 있었다. 내가 문을 열었을 때 그는 인도와 도로 사이의 연석 위에 선 채로 이상한 표정을 지으며 출입문 위에 붙어 있는 번호를 뚫어지게 쳐다보았다. 그의 눈길이 —눈동자는 흐릿한 회색이었고, 눈자위 아래가 불그레했다— 내 얼굴에 닿자, 그의 표정은 친밀감 가득한 것으로 얼른 바뀌었다.

"집에 있었구먼."

그가 말했다.

"자네 집 호수를 깜빡했었다네. 잘 지냈나, 이든 군?"

나는 그의 친숙한 말에 적잖이 놀랐다. 그도 그럴 것이, 나는 그 사람을 한 번도 본 적이 없었기 때문이었다. 게다가 겨드랑이에 끼고 있던 내 구두를 훔쳐보고 있는 그의 눈길에 짜증이 좀 났다. 그는 예의 바르지 못한 내 태도를 지적하며 말했다.

"내가 악마라도 되는 듯한 그 표정은 뭔가? 제발 그런 눈으로 보지 말게나. 자넨 날 본 적이 없겠지만, 난 자네를 본 적이 있지. 헌데 날 계속 여기다 세워 놓을 심산인가?"

나는 잠시 머뭇거렸다. 이층 내 방은 볼품이 없어서 낯선 사람을 들이고 싶지가 않았다.

"아무래도 바깥이 좋을 것 같네요."

내가 입을 열었다.

"본의 아니게 제 집에 들어오시지 못하게 하는 것 같이 돼버렸지만……."

내 몸짓이 말보다 앞서서 내 생각을 전하고 있었다.

"뭐, 아무렴 어때."

그렇게 말하고는 노인은 거리를 향해 고개를 돌렸다. 그러고는 이렇게 말했다.

"바깥이라…… 그래, 어디로 가면 좋겠나?"

나는 통로에다 신발을 내려놓았다.

"여보게."

그가 불쑥 말했다.

"내 볼일은 그다지 중요한 것도 아닐세. 간단히 점심이나 먹으러 가지, 이든 군. 난 팍삭 늙은 노인네에다 말주변도 없고, 목소리는 빽빽거리고 마차 굴러가는 것 같지만……."

내 팔 위에 얹힌 그의 피골이 상접한 손이 가늘게 떨리고 있었다.

노인네로부터 점심을 같이 먹자는 제의를 받기엔 아무래도 내가 너무 어리다는 생각이 들었다. 그런 생각이 들자, 나는 이 느닷없는 제의에 기뻐할 수가 없었다.

"저는 좀……."

나는 입을 뗐다.

"나도 좀……."

그가 내 말을 똑같이 따라 했다. 그러고는 말을 이었다.

"내 백발을 봐서라도 점심 한 끼 정도는 같이 먹어 주게나."

더 이상은 정말 예의가 아니란 생각이 든 나는 결국 그와 함께 밖으로 나갔다.

나는 그와 보조를 맞추기 위해 천천히 걸어야만 했다. 그는 나를 블라비티스키 식당으로 데려갔다. 그와의 점심은 전에는 결코 맛보지 못한 것이었다. 그는 나의 까다로운 질문을 잘 받아 넘겼고, 그래서인지 그에 대한 인상이 훨씬 더 좋아졌다. 말끔하게 면도를 한 노인의 얼굴은 야위고 주름이 자글자글했으며, 겹줄이 많이 간 입술은 틀니 위로 축 처져 있었다. 흰 머리칼은 가늘고 약간 긴 편이었다. 내 눈에 그의 몸집은 작아 보였는데 — 하지만 사실, 대부분의 사람들은 내게는 작아 보였다 — 어깨가 둥글게 굽어 있어서 더 그랬을지 모른다. 나는 그를 그냥 보는 게 아니라 거의 관찰하다시피 했다. 그의 동작 하나하나가 내 주의를 끌었기 때문이었다. 그 역시 분주히 눈을 움직였다. 널따란 내 어깨에서부터 햇볕에 그을린 구릿빛 손까지, 그리곤 주근깨가 박힌 얼굴로 다시 돌아와 샅샅이 훑어보는 그의 두 눈은 기이한 욕심으로 가득 차 있었다.

"자, 그럼."

이윽고 그가 입을 열었다.

"이제 본론으로 들어가야겠군."

우리는 담배에 불을 붙여 물었다.

"우선 자네가 알아야 하는 건 내가 노인이라는 거, 상늙은이라는 걸세."

그는 잠깐 쉬었다가 말을 이었다.

"살날이 얼마 남지 않은. 그런데 이 늙은이의 수중에는 목숨이 떨어지면 당장 물려줘야 할 돈이 제법 있는데, 그걸 물려받을 자식이 아무도 없단 말이야."

나는 노인의 말이 속임수 같다는 생각이 들어서 왠지 삼촌이 물려준 500파운드의 유산을 지켜야겠다고 마음을 다졌다. 노인은 자신의 외로움이 얼마나 깊은지, 그리고 자신이 가진 돈을 적절하게 처분하는 일이 여간 어렵지 않다는 얘기들을 늘어놓았다.

"이런저런 기금에, 자선단체에, 연구소에, 장학금에, 도서관까지 심사숙고를 해봤다네. 그러다 마침내 결론에 도달했지."

그는 내 얼굴을 뚫어지게 바라보며 말을 이었다.

"젊은 친구를 찾기로 했다네. 야망이 있으면서도 순수한 마음을 가진, 가난하지만 몸과 마음이 건강한 젊은이 말일세. 간단히 말하면, 그 친구에게 내 유산을, 내가 가진 전부를 줄 생각이야."

그는 똑같은 말을 반복했다.

"내가 가진 전부를 줄 생각이네. 그렇게 되면 그 친구는 자신이 처한 어려움으로부터 단번에 구제가 될 것이고, 쓸데없이 동정심 따위를 바라지 않아도 될 것이고, 자유로워질 테지."

나는 노인의 말에 흥미가 없는 듯 보이려고 애썼다. 나는 누가 봐도 위선이라고 느껴지는 말을 던졌다.

"제 도움이, 그러니까 적절한 사람을 찾는 데 저의 전문가적인 안목이 필요하시다는 말씀이군요."

그는 담배 연기 너머로 나를 지그시 바라보며 미소를 지었다. 나는 나의 그 빤한 위장을 아무 말 없이 지켜보고 있는 그를 비웃듯 바라보았다.

"조건에 딱 맞는 사람이 있다면야!"

그가 말을 이었다.

"엉뚱한 사람이 쓴다는 건 말도 안 되는 얘기지, 내가 어떻게 모은 돈인데…… . 물론 짊어져야 할 몇 가지 조건도 있다네. 예를 들자면, 일단 그 친구는 내 이름을 가져야만 하네. 아무런 조건 없이 모든 걸 가질 수 있을 거라고 생각하진 않겠지? 또 하나, 내가 그 친구를 받아들이기 전에 그 친구가 처한 모든 상황을 알아야 하네. 그 친구가 건전한 생활인인지, 부모와 조부모는 어떻게 돌아가셨는지, 그 친구의 개인적인 도덕관념을 형성시킨 유전적 형질에 관해서도 아주 면밀하게 조사를 해야 한다는 말일세."

그의 말에 나는 마음속으로 쾌재를 불렀다.

"이해합니다. 그건 제가…… ."

내가 말했다.

"그렇다네."

그가 내 말을 사납게 끊으며 말했다.

"자네! 그래, 자네 말이야!"

나는 한마디도 할 수가 없었다. 내 상상은 거칠게 춤을 추고 있었다. 내면에 이는 회의 따위는 내 마음을 바꿀 수가 없었다. 내 마음속에 들어앉은 기쁨은 한 조각도 흩어지지 않았다. 무슨 말을 어떻게 해야 할지 몰랐다.

"하필이면 왜 저를?"

이윽고 나는 입을 열었다.

그는 하슬러 교수로부터 내 얘기를 들을 기회가 있었다고 했다. 교수로부터 전형적인 건전하고 맑은 정신을 가진 젊은이라는 얘기를 듣고 나서 그는 자신이 원하는 게 바로 그런 사람이며, 가능하다면 자신의 유산이 건강하고 성실한 젊은이에게 주어질 수 있기를 바란다는 의사를 밝혔다고 했다.

여기까지가 그 조그만 노인과의 첫 만남에서 있었던 일이다. 노인은 정말이지 알 수 없는 사람이었다. 아직은 자신의 이름을 말해 줄 때가 아니라고 말하면서 몇 가지 질문을 하고 거기에 대해 내가 대답을 하고 나자 그는 블라비티스키 식당의 현관으로 나를 데리고 나갔다. 나는 식사 대금이 적힌 청구서를 받아 든 그가 주머니에서 한 움큼의 금화를 꺼내는 걸 보았다. 그는 이상하리만치 유별나게 신체의 건강 상태를 강조했다. 그날 우리가 합의를 본 사실은 로열 보험회사에 내 명의로 된 거액의 생명보험을 들기로 한 것과, 그다음 주에 보험사의 의료담당관에게 꼼꼼하게 신체검사를 받는다는 것이었다. 그것에도 만족을 하지 못한 노인은 내가 저명한 의사인 핸더슨 박사로부터 재검진을 받아야만 한다고 덧붙였다.

그의 최종적인 결정은 성령강림주일✤의 금요일이 지난 뒤에 이루어졌다. 그는 나를 집 밖으로 불러냈다. 예비 과학 시험을 대비해 화학 방정식을 꾸역꾸역 머릿속에 집어넣고 있던, 거의 아홉 시가 다 된 꽤 늦은 저녁이었다. 그는 가스등의 희미한 불빛이 떨어지던 인도에 서 있었는데, 그의 얼굴에는 그림자가 기묘하게 얽혀 있었다. 그는 처음 나를 보았을 때보다 더 깊이 고개를 숙여 인사를 하는 것 같았는데, 뺨이 더 홀쭉해져 보였다.

그의 목소리에는 정감이 듬뿍 담겨 있었다.

"모든 게 만족스러워, 이든 군. 모든 게 아주, 아주 만족스러워. 오늘 밤 자넨 나하고 반드시 저녁을 먹어야 하네. 축하를 해야 하니까. 자네의…… 상속을!"

기침 때문에 잠깐 말이 끊겼다가 이어졌다.

"오래 걸리진 않을 걸세."

그는 손수건을 꺼내 입술을 닦아 내고는 갈고리같이 앙상한 긴 손가락으로 내 손을 꽉 움켜잡았다가 놓았다.

"그래, 오래 기다리지 않아도 된다네."

....

✤ 부활절 뒤 일곱째 일요일과 그 전후 일로, 성령이 세상에 내려와 성도에게 임한 것을 기념하는 날.

† 고 엘비스햄 씨 이야기 †

우리는 거리로 나와 마차를 불러 세웠다. 경쾌하고 빠르게 달리면서도 부드럽게 움직이던 마차, 가스등과 유등油燈과 전등이 이루던 선명한 대비, 거리를 가득 메우고 있던 사람들, 우리가 갔던 리전트 거리, 그리고 그 거리의 식당에서 시중을 받아 가며 먹었던 호화로운 식사, 나는 그 모든 장면들을 기억하고 있다. 처음엔 내 초라한 옷을 흘끗 쳐다보던 잘 차려입은 종업원들의 시선이 당황스럽고, 올리브 씨를 발라내는 것도 성가셨지만, 샴페인이 내 피를 덥혀 주자 금방 자신감이 살아났다.

노인이 꺼낸 첫 이야기는 자신에 관한 것이었다. 노인의 이름은 마차를 타고 오던 중에 그로부터 들었다. 그는 놀랍게도 저 유명한 철학자 에그버트 엘비스햄이었다. 그것은 이미 내가 꼬맹이 시절부터 학교에서 배워 아는 이름이었다. 그의 지성적인 면모는 내 마음을 빠르고 강렬하게 사로잡아 버렸다. 노쇠한 그의 모습이 그토록 빠르게 친근한 모습으로 바뀌어 버린 것은 믿기 힘든 일이었다. 아마도 유명 인사들 속으로 갑자기 뚝 떨어진 젊은이라면 누구든 나를 이해할 수 있을 것이다. 노인은 맥없이 꺾여 가는 자신의 인생과 앞으로 전개될 미래의 일을 들려주면서, 내게 자신이 가진 현금과 주택들, 저작권, 투자한 것들 모두를 넘겨줄 거라고 말했다. 철학자들이 그렇게 부자일 수 있다는 건 나로선 상상도 못한 일이었다. 그는 부러운 눈길로 내가 마시고 먹는 걸 지켜보았다.

"자네가 갖고 있는 활력이 참 부럽구먼!"

그렇게 말하고는 한숨을 내쉬었다. 내 생각에 그것은 안도의 한숨이었다.

"오래 걸리지 않을 걸세."

"예."

샴페인에 취한 채 고개를 주억거리며 내가 입을 열었다.

"물론 제겐 미래가 있죠……. 우연히 찾아든 행운, 물론 선생님 덕분이죠. 지금 제게 선생님의 이름은 더없이 큰 영예입니다. 하지만 선생님께서도 과거가 있겠죠. 그 과거는 이제 저의 모든 미래로 인해 가치를 발휘하게 될 겁니다."

그는 반쯤은 쓸쓸한 표정으로 고개를 끄덕이며 미소를 지었다.

"그 미래 말인데."

노인이 입을 열었다.

"진정으로 자네가 바꿀 수 있겠나?"

종업원이 리큐어❖를 가지고 왔다.

"자넨 물론 내 이름을 갖는다는 데 반대하진 않겠지. 내 지위를 갖게 된다는 것에도. 하지만 진정으로, 기꺼이, 나의 연륜도

....
❖ 식물성의 향료와 단맛을 가미한 강한 알코올 음료로, 주로 식후에 작은 잔으로 마신다.

가질 텐가?"

"선생님의 성취를 말씀하시는 거겠죠?"

내가 씩씩하게 말했다.

그가 다시 미소를 지었다.

"퀴멜주◆…… 둘!"

그는 주머니에서 종이 뭉치를 꺼내며 고개를 돌리던 종업원
에게 말했다.

"이제, 저녁 식사를 끝냈으니 여흥을 좀 즐기도록 하지. 아직
책으로 엮어 내지 않은, 내 지혜의 파편이라고 할까."

그는 누런 손가락을 꼬물거리며 종이 다발을 펼쳤다. 그러고
는 그 종이 안에 싸둔 연분홍의 가루를 내게 보여 주었다.

"이게 뭔가 하면 말이야."

그가 말했다.

"그래, 이게 뭔지 자넨 안다고 생각하겠지. 하지만 퀴멜
주……를 이 가루에다 섞으면 뭐가 되느냐…… 바로, 히멜◆◆이
된단 말이지."

그의 커다란 회색 눈동자가 쉽게 이해할 수 없는 의미를 담은
채로 내 눈을 응시했다.

....

◆ 파슬리 열매 등으로 조미한 술로, 발트 해 동해안에서 주로 생산된다.
◆◆ Himmel. 독일어로 '하늘' 이라는 뜻.

이 위대한 학자가 고작 리큐어에 취해 감상적인 인간이 되어
버렸다는 사실이 내게는 일종의 충격이었다. 짐짓 나는 그의 그
나약함에 경도되는 척했다. 그런 소소한 아첨 따위는 별 어려움
없이 할 수 있을 만큼 나는 충분히 취해 있었다.

그는 조그마한 유리잔에다 가루를 뿌리더니 쑥 들어 올렸다.
그러고는 전혀 예상치 못한 위엄 어린 표정을 지으며 나를 향해
손을 뻗었다. 나도 그가 하는 대로 잔을 들어 올려 땡그랑 소리
가 나게 부딪쳤다.

"머뭇거리지 말고, 원 샷!"

노인은 그렇게 말하고는 잔을 들어 입술로 가져갔다.

"그러시면 안 되죠."

나는 황급히 소리쳤다.

"안 된다니까요."

그는 뺨 근처에서 리큐어 잔을 멈추었다. 그러고는 이글이글
타는 눈으로 나를 보았다.

"선생님의 만수무강을 위하여!"

내가 외쳤다.

그는 잠시 머뭇거리더니 갑자기 웃음을 터뜨리며 되받았다.

"그래, 만수무강을 위해!"

우리는 서로를 바라보며 조그만 잔들을 비워 냈다. 그는 금방
이라도 눈물을 쏟을 것 같은 눈으로 내 눈을 뚫어지게 바라보았

다. 갑자기 가슴이 뭔가로 꽉 차오르는 것 같은 느낌이 들었다. 그 첫 기미는 머릿속이 광포한 격정으로 채워져 있다는 것이었다. 실제로 두개골에 물리적인 자극이 가해지고, 귓속으로 끊임없이 콧노래 소리가 밀려드는 것 같은 느낌이었다. 입으로는 전혀 맛을 느낄 수 없었지만, 아로마 향이 목구멍을 가득 메우고 있었다. 회색빛만으로 가득하던 노인의 눈이 내 눈을 태울 것처럼 이글거렸다. 흔들림과 정신적인 혼란, 소음, 어질어질한 머리는 영원히 지속될 것만 같았다. 반쯤은 분간이 불가능한 사물들이 뿌옇게 눈을 가리면서 너울거렸고, 내 의식이 점점 희미해지기 시작했다. 달아오르던 흥을 깨버린 것은 그였다. 갑작스러운 한숨과 함께 유리잔을 내던져 버린 것이다.

"괜찮은가?"

그가 물었다.

"대단하군요."

나는 맛을 제대로 느껴 보지도 못했지만 그렇게 말했다.

머리가 핑핑 돌았다. 나는 일어나려다 주저앉았다. 머릿속이 뒤죽박죽이었다. 그러다가 아주 잠깐, 오목렌즈를 통해 보는 것 같이 시각이 명료해졌다. 그의 태도는 뭔가 신경질적이고 조급하게 변한 듯 보였다. 손목시계를 끌어다 인상을 잔뜩 쓰며 들여다보았다.

"이런, 열한 시 칠 분이라니! 오늘 밤…… 워털루에서 약속이 있었는데! 지금이라도 당장 가야겠구먼!"

그는 종업원에게 계산서를 달라고 하고는 외투에 팔을 끼우려고 버둥거렸다. 식당 종업원들이 우리를 도와주러 우르르 몰려왔다. 마차의 차양 너머로 그에게 작별 인사를 하려고 했을 때 — 어떻게 표현을 해야 할지 모르겠는데 — 마치 오페라 관람용 쌍안경을 거꾸로 들여다보는 것처럼, 보이는 것만이 아니라 느낌까지, 또렷하긴 했지만 바보 같은 기분이 들었다.

"아참!"

그렇게 말하고는 그는 이마에다 손을 갖다 댔다.

"자네한테 줄 게 하나 있네. 내일 아침 일어나면 머리가 깨질 듯이 아플 거야. 어디 보자, 여기 있군."

노인은 자이들리츠*산처럼 생긴 조그맣고 납작한 봉지 하나를 내게 건넸다.

"이걸 물에다 집어넣어 두게나. 약이니까 잠자리에 들 준비를 다 하고 나서 마시는 거, 명심하게. 그러면 머리가 맑아질 걸세. 이제 가봐야겠군. 악수나 한 번 더 함세…… 우리의 미래를 위해!"

나는 주름이 자글자글한, 갈고리처럼 생긴 손을 거머쥐었다.

"잘 가게."

....

❖ Seidlitz. 광천수와 비슷한 발포성 완하제.

눈을 껌뻑이며 그가 말했다. 그 역시 리큐어에 취해 머리가 어질어질한 듯 보였다.

막 출발하려던 그는 가슴 주머니에 뭔가 있다는 걸 느끼고는 깜짝 놀라며 뭉치 하나를 꺼냈다. 권총의 탄창 크기에 면도기 모양을 하고 있었다.

"받아 두게."

그가 말했다.

"하마터면 잊어버릴 뻔했구먼. 내일 내가 찾으러 올 때까진 열어 보지 말게. 자네한테 맡겨 두는 거야."

어찌나 무게가 나가는지 하마터면 떨어뜨릴 뻔했다.

"걱정 마십쇼!"

내가 대답했다. 마부가 말의 잔등에 채찍을 휘둘렀다. 그가 마차의 창문을 통해 웃는 얼굴로 나를 바라보았다. 그가 내게 준 흰색 꾸러미는 양쪽 끝이 붉은 끈으로 묶인 채 연결되어 있었다.

"돈이 아니면……."

나는 혼잣말로 중얼거렸다.

"틀림없이 백금이나 납일 거야."

나는 노인이 준 것을 조심스레 주머니에 넣고는 어질어질한 머리로 리젠트 가를 지나 포틀랜드 가의 어두운 뒷골목을 통해 집으로 걸어갔다. 왠지 나는 처음 가보는 길을 걷고 있는 듯한 느낌이었다. 그건 마치 내가 나 자신이 아닌 것 같은 기분이었는데,

경험해 보지는 못했지만 아편 같은 마약에 취한 게 아닐까 하는
생각이 들기도 했다. 당시의 그 이상한 기분을 묘사한다는 건 쉬
운 일이 아니다. 어쩌면 표현한다는 것 자체가 더 이상할지도 모
르겠다. 내가 리젠트 가를 걸어 올라가고 있을 때, 그곳이 워털루
역이라는 기이한 확신이 들었다. 기차로 오르는 것 같은 한 남자
를 본 순간, 나는 과학기술 전문학교로 가야겠다는 엉뚱한 충동
이 일었다. 나는 손등으로 눈을 비벼 댔다. 그러고 나서 보니 리
젠트 가였다. 이걸 뭐라고 표현할 수 있을까? 어느 노련한 배우
가 인상을 잔뜩 쓴 채로 당신을 아무 말 없이 빤히 쳐다보고 있다
고 한번 생각해 보라! 내가 만약 당신에게 리젠트 가가 잠깐이나
마 그런 느낌을 내게 준 것 같다고 말한다면, 당신은 얼마나 당황
스럽겠는가? 그때, 그곳이 리젠트 가라는 걸 새삼 깨달은 나는
몇 개의 환상적인 추억들을 주섬주섬 긁어모았다.

"삼십 년이나 지났군."

나는 생각했다.

"그래, 여기였어. 형과 말다툼을 벌였던 곳이."

그리곤 한 패거리의 부랑자들과 마주쳤는데, 놀랍기도 하고
우쭐하기도 해서 크게 웃음을 터뜨렸다. 삼십 년 전에 나는 태어
나지도 않았고, 내 삶에서 떠벌일 만한 형이 있는 것도 아니었
다. 확실히 그것은 술이 만들어 낸 우스꽝스러운 짓이었다. 하지
만 여전히 내 기억에는 죽은 형에 대한 가슴 아픈 후회가 끈끈하

게 달라붙어 있었다. 포틀랜드 가를 따라 걷고 있을 때, 다시 한 번 미친 짓거리가 일어났다. 나는 사라진 상점들을 떠올리며 옛 거리들과 비교하기 시작했던 것이다. 술을 마신 뒤에 뒤죽박죽 된 생각들로 혼란스러운 건 당연했지만, 정작 나를 혼란스럽게 만든 것은 기이하도록 생생하게 떠오르는 이런 환각적인 기억들 이었다. 이 기억들은 내 가슴 안으로 기어 들어오는 것들도 있었 고, 내 가슴 밖으로 빠져나가는 것들도 있었다. 나는 박물지 상 인 스티븐스 씨 가게의 맞은편에서 발길을 멈추고는, 그 사람과 꼭 하기로 약속한 일이 어떤 것이었는지를 기억하기 위해 손으 로 머리통을 두들겨 댔다. 스쳐 지나가던 합승 마차는 기차가 지 나갈 때와 똑같이 우르릉거리는 소리를 냈다. 나는 아득히 먼 추 억이라는 깊고 어두운 함정 속으로 빨려 들어가는 느낌이었다.

"그렇지!"

마침내 내 입이 열렸다.

"그 사람이 내일 개구리 세 마리를 갖고 오기로 했었지. 그런 걸 잊고 있었다니, 정말이지 이상하군."

어린애들에게나 나타나는 다중적인 시점이 갑자기 내게 생겨 났단 말인가? 물론, 하나의 시점이 형체가 불분명한 유령처럼 생 겨나 점점 자라서 마침내 다른 시점을 몰아내 버리는 것을 나는 알고 있다. 이와 똑같은 방법으로 한 무리의 희미한, 새로운 기 억들이 일어나서 나 자신의 본래의 기억들과 싸움을 벌이는 것인지도 모른다.

보통은 뒷골목의 방범용 그물망을 가로질러 다니곤 했으므로 유스턴 거리를 지나 토트넘 궁성로를 따라 걸어간 것은 정말이지 놀랍고 수수께끼 같은 일이었는데, 나는 내가 무슨 말을 주절거리고 있는지 거의 알아차리지 못했다. 대학로로 돌아 들어간 나는 집 호수를 잊어버렸다는 사실을 깨달았다. 온 힘을 다해 11A 대학로를 떠올리게 된 나는 까마득히 잊고 있던 어떤 사람이 호수를 내게 가르쳐 준 것 같다는 생각이 들었다. 나는 저녁 식사 때의 일들을 상기하면서 내 마음을 다졌다. 하지만 내 기억의 어디에도 저녁을 함께했던 그 사람의 얼굴은 남아 있지 않았다. 내 눈에 보이는 것은 단지 그림자가 잔뜩 덮인 윤곽뿐이었다. 그것은 마치 유리창을 통해 바깥을 내다보고 있는 나 자신의 모습을 그 유리창을 통해 들여다보고 있는 것 같았다. 하지만 그가 있는 곳에서는 발그레한 얼굴로 눈빛을 반짝거리며 탁자 앞에 앉아 조잘조잘 떠들고 있는 나 자신의 모습이, 마치 나와는 아무 상관없는 듯 보였다.

"가루약을 먹어 봐야겠어."

내가 말했다.

"근데 뭐가 보여야 먹든지 하지."

나는 초와 성냥을 찾기 위해 응접실의 안쪽 벽을 더듬으며 나가다가 내 방이라고 짐작되는 곳에 도착하긴 했지만 영 미심쩍었다.

"취했군."

내가 말했다.

"확실히 취했어."

그리고는 계단 위에서 주절주절 쓸데없는 말들을 떠들어 댔다.

방으로 들어갔을 때 처음엔 낯설어 보였다.

"뭐 이리 구질구질해!"

나는 그렇게 말하고는 주위를 노려보았다. 엄청난 노력 끝에 나는 나 자신으로 돌아온 것 같았다. 그 이상한 환각도 확실히 사라진 것 같았다. 방 안엔 여전히 오래된 유리잔이 있었고, 창틀 구석의 사진첩 위에는 공책들이 얹혀 있었으며, 거의 매일 입고 다니는 낡은 옷들이 마룻바닥에 흩어져 있었다. 하지만 그다지 현실 같지가 않았다. 나는 어떤 우스꽝스러운 확신이 내 마음속으로 기어 들어가려 한다는 걸 느꼈는데, 그건 마치 내가 알지 못하는 역으로 막 들어선 기차 안에서 창문을 통해 바깥을 내다보고 있는 것 같은 기분이었다. 나는 나 자신을 진정시키기 위해 침대 바닥을 꽉 움켜쥐었다.

"이건 어쩌면 투시인지도 몰라."

내가 중얼거렸다.

"심령연구회에다 편지라도 써야겠는걸."

나는 화장대 위에다 노인이 주었던 종이 뭉치를 내려놓고는 침대에 걸터앉아 부츠를 벗기 시작했다. 그 역시 마치 내 현재의 느낌이 어떤 다른 그림 위에 그려져서 비쳐져 나오는 것 같았다.

"빌어먹을!"

내 입에서 욕설이 튀어나왔다.

"내 이성이란 놈이 어딘가로 도망쳐 버리기라도 한 거야? 아니면 내가 동시에 두 곳에 존재하는 거야?"

반쯤 옷을 벗은 채로 나는 노인이 주었던 가루를 유리잔에다 털어 넣었다. 아주 밝은 호박색의 거품이 일었다. 나는 그것을 남김 없이 마셔 버렸다. 잠이 들기 전에 내 정신은 이미 푹 가라앉았다. 베개에 뺨이 묻혔다는 느낌이 들자마자 나는 깊은 잠에 빠져들었다.

* * *

이상한 짐승이 나타나는 꿈에서 화들짝 깨어났을 때, 나는 침대에 반듯하게 누워 있었다. 누구라도 기분이 찝찝하고 유쾌하지 못한 꿈을 꾼다면, 그 꿈에서 빠져나와 완전히 깬 뒤에도 뭔가 두려움이 남는 법이다. 입안에서는 이상한 맛이 느껴지고, 사지는 피곤을 호소했으며, 살갗엔 불쾌감이 일었다. 이물감과 공포가 사라지기를 기다리며 나는 베개에 머리를 얹은 채 꼼짝도 않고 누워 있었다. 그러다 깜빡깜빡 다시 잠에 빠지곤 했다. 하지만 그 기분 나쁜 느낌은 오히려 더 커졌다. 처음엔 내 주위에 잘못된 거라고는 하나도 느낄 수 없었다. 방 안은 희미한 불빛만이 켜져 있었는데, 너무도 희미해서 어둠에 갇힌 거나 마찬가지였다. 가구들은 칠흑 같은 어둠 속에서 그저 흐릿한 얼룩처럼 박혀 있을 뿐이었다. 나는 그것들을 이불깃 너머로 응시했다.

둘둘 말아 놓은 돈 뭉치를 빼앗으려고 누군가가 방으로 들어왔다는 생각이 마음속에 일었다. 하지만 한동안 누운 채로 잠을 자는 체하면서 숨을 고르고 있다가 나는 그것이 환각이라는 것을 깨달았다. 그럼에도 불구하고 뭔가 잘못되었다는 불편한 확신이 끊임없이 나를 사로잡았다. 나는 힘들게 베개에서 머리를 들어 어둠 속에 싸인 주위를 살펴보았다. 무엇인지 알 수는 없었다. 내 주위를 감싸고 있는 희미한 형상들이 보였다. 커졌다 작아졌다 하는 어둠 덩어리는 커튼과 탁자, 벽난로, 책장 같은 것들이라고 생각되었다.

그때 나는 검게 가라앉아 있는 것들 속에서 뭔가를 인식하기 시작했다. 침대 방향이 바뀐 걸까? 멀리 있는 건 책장이 분명한데, 덮개가 씌어져 있는 모양이나 파리한 것이 세워져 있는 걸 보면 도무지 책장이라고 느껴지지가 않았다. 아무리 바라보고 있어도 그 정체를 알 수가 없었다. 의자 위에다 던져 놓은 셔츠일지 모른다는 생각이 들었지만, 그러기에는 너무 컸다.

어린아이 같은 공포심을 떨쳐 내기 위해 나는 이불을 걷어 내고 다리를 침대 밖으로 빼냈다. 하지만 나는 내 두 발이 바퀴 달린 침대 밖으로 빠져나오기는커녕 매트리스의 가장자리에도 닿지 않는다는 걸 알았다. 나는 한 발자국을 더 내딛어서 겨우 침대 가에 설 수 있었다. 침대 옆에는 초가 있을 것이고, 성냥통이 부러진 의자 위에 놓여 있을 것이었다. 손을 뻗어 더듬어 보았지만 아무것도 잡히지 않았다. 나는 어둠 속을 손으로 휘저었다. 허공에 매달려 있는, 무거우면서도 조직이 부드럽고 두꺼운 뭔가가 만져졌다. 그것은 손길이 닿자 바스락 소리를 냈다. 나는 그것을 잡아 끌어당겼다. 침대 머리 위로 늘어뜨려진 커튼이었다.

잠에서 완전히 깨어난 나는, 내가 이상한 방에 있다는 사실을 깨달았다. 혼란스러웠다. 지난밤의 일들을 떠올리려고 애를 썼다. 노인과 저녁 식사를 하고 조그만 꾸러미를 받았던 일, 취한 상태에서 일어났던 놀라운 일들, 그리고 천천히 옷을 벗고 홍조 띤 얼굴을 베개에 묻었을 때 느껴지던 서늘함까지, 기억 속에 또렷하게 떠올랐다. 그때 나는 느닷없이 의심이 일었다. 그게 지난밤이었을까? 혹시 지지난밤에 일어난 일이 아닐까? 어쨌든 내가 있는 그 방은 낯설었고, 어떻게 그 방으로 들어오게 된 건지 알 수가 없었다. 희미한 윤곽이 점점 푸르스름한 빛을 띠자 나는 그것이 창문이라고 짐작했다. 그것은 블라인드 사이로 비쳐 든 약한 새벽빛에 의해 모습을 드러내기 시작했는데, 여전히 어둠에 싸여 있긴 했지만 화장실의 둥근 유리창 모양을 하고 있었다.

나는 몸을 일으켰다. 무기력하고 불안정한 느낌 때문에 두려웠다. 떨리는 손을 앞으로 뻗은 채로 창문을 향해 천천히 걸음을 옮겼지만 의자에 부딪혀 무릎이 까졌다. 나는 블라인드를 조절하는 줄을 찾기 위해 탁자 위의 유리잔 주위를 손으로 더듬었다. 짐작이 맞다면 크고 잘생긴 놋쇠 촛대가 거기에 놓여 있을 터였다. 하지만 나는 아무것도 찾을 수가 없었다. 그러다 뜻하지 않게 블라인드를 말아 올리는 스프링 걸쇠가 달린 수술이 손에 닿았다.

잔뜩 구름이 덮인 음산한 밤, 새벽의 어슴푸레한 빛이 뚫고 나오는 층층구름의 회색 솜털, 눈에 들어오는 풍경들 하나하나가 모두 내게는 낯설게만 보였다. 구름이 천장을 이루고 있는 하늘 가장자리엔 마치 피처럼 붉은 기운이 둘러싸고 있었다. 그 아래, 모든 것은 어둡고 흐릿했다. 멀리 산들이 희미하게 모습을 드러내고, 흐릿한 윤곽의 건물들이 산꼭대기를 향해 뻗어 있었다. 잉크를 뿌려 놓은 것 같은 나무들이 빽빽하게 밀집해 검은 숲을 이루었고, 창문 아래쪽으로 파리한 회색 길들이 길게 놓여 있었다. 너무도 낯선 풍경이라 잠깐 동안 나는 여전히 꿈을 꾸고 있는 게 아닌가 싶었다. 나는 화장대를 가만히 만져 보았다. 윤기가 흐르는 나무로 만들어진 것 같았는데, 공들여 제작한 티가 역력했다. 화장대 위에는 조그마한 컷글라스✦ 병 여러 개와 빗

하나가 놓여 있었다. 그리고 기이한 형태의 조그만 물건 하나가 받침 접시 위에 놓여 있었는데, 생김새는 말의 편자 모양이었고 부드러우면서도 불투명했다. 나는 성냥도 촛대도 찾을 수가 없었다.

다시 한 번 방 안을 둘러보았다. 블라인드가 걷혀 있어서 유령처럼 희미하던 방 안의 물건들이 환하게 모습을 드러냈다. 방 안에는 휘장이 쳐진 커다란 침대가 하나 놓여 있고, 그 발치에는 은은하게 빛을 발하고 있는, 하얗고 커다란 대리석으로 장식된 벽난로도 있었다.

나는 화장대에 몸을 기댄 채로 눈을 껌뻑거리며 생각을 모았다. 모든 것이 꿈처럼 현실과는 너무 먼 거리에 있었다. 그 이상한 리큐어를 마셨을 때처럼, 여전히 내 기억에는 뭔가 틈이 있는 것 같았다. 어쩌면 유산이 집행되어서 내가 노인이 물려준 집에 들어와 사는 것인지도 몰랐다. 덕분에 내가 가지고 있던 기억들이 모두 달아나 버렸을지도 모르는 일이다. 조금만 더 기다려 보면 뭔가 다시 명확해질지도 모른다. 하지만 엘비스햄 노인과의 저녁 식사는 무척이나 생생하고, 시간적으로도 바로 코앞의 일이었다는 건 명확했다. 샴페인과 눈치 빠르던 종업원들, 가루와 술, 이 모든 일들이 불과 몇 시간 전에 일어났었다는 사실을

....
❖ 예쁘게 보이도록 칼로 여러 가지 모양을 새긴 유리그릇.

내 영혼이 소리쳐 부르짖고 있었다.

그 순간 너무나 사소하면서도 두려운 한 가지 생각이 느닷없이 솟구쳤다. 나는 큰 소리로 외쳤다.

"악마가 내 몸 속으로 들어온 거야?"

그런데 방금의 외침은 내 것이 아니었다.

내 것이라기엔 너무 연약하고, 발음도 명확하지 않았으며, 얼굴뼈에서 울리는 느낌도 달랐다. 나 자신을 확인하기 위해 한 손을 다른 손 위에 겹치는 순간, 나이 든 사람의 늘어진 피부와 느슨한 관절이 손에 잡혔다.

"확실하군."

목구멍 안에서 만들어진 것 같은, 두려움에 떨리는 목소리로 내가 말했다.

"확실히 꿈을 꾸고 있는 거야!"

내가 미처 깨닫지도 못할 만큼 빠르게 나는 손가락을 입속에다 쑤셔 넣었다. 이빨이 하나도 없었다. 내 손가락 끝이 주름진 잇몸의 허물거리는 표면 위로 움직여 갔다. 두려움이 몰려들며 토할 것 같았다.

나는 유령처럼 변해 버렸을지 모르는 내 모습을 지금 당장 확인하고 싶은 강한 열망과 함께 엄청난 공포에 휩싸였다. 나는 벽난로 앞으로 비틀거리며 걸어가 성냥을 찾았다. 컹컹거리는 기침이 목구멍 안에서 일던 그 순간 나는 내가 입고 있던 두꺼운 플란넬 잠옷을 거머쥐며 내 주위를 둘러보았다. 거기엔 성냥이 없었다. 갑자기 내 팔다리가 차갑다는 것을 깨달았다. 코를 훌쩍 거리며 기침을 해대다가 눈물까지 질질 짜면서, 아마도 나는 손을 더듬거리며 침대로 돌아가고 있었을 것이다.

"이건 분명 꿈이야."

나는 침대 안쪽으로 기어 가며 나 자신에게 속삭였다.

"꿈이야, 분명히."

그것은 망령 든 노인이 똑같은 소리를 반복하는 것과 같았다. 나는 침대보를 끌어다 어깨를 가리고 귀까지 덮은 다음 말라비틀어진 손을 베개 아래로 밀어 넣었다. 나는 잠을 자야겠다고 결심했다. 물론 그것은 꿈이었다. 아침이 되면 그 꿈은 끝날 것이고, 나는 다시 튼튼하고 활력 넘치는 젊은이로 돌아와 있을 터였다. 눈을 감고, 규칙적으로 숨을 들이쉬고 내쉬었다. 나는 깨어 있다는 것을 자각했다. 천천히 숫자를 세기 시작했다.

하지만 내가 바라는 것은 결코 이루어질 리가 없었다. 나는 잠을 잘 수가 없었다. 그리고 내게 일어난 변화가 냉혹한 현실이라는 자각이 점점 커져 갔다. 얼마 있지 않아 내 두 눈이 커다랗게 열렸고, 쭈글쭈글한 손가락들이 주름진 잇몸 위에 놓여 있었다. 나는 정말, 갑작스럽고도 느닷없이, 노인이 되어 있었던 것이다. 내 인생이 어떻게 노년으로 추락해 버렸는지, 그리고 내 삶에서 가장 멋졌던 사랑, 노력, 힘, 희망들이 단지 속임수에 불과했다는 것을 나는 이해할 수 없었다. 나는 얼굴을 베개 밑에 묻으며 이런 환각은 얼마든지 가능한 일이라는 것을 나 자신에게 납득시키려고 애썼다. 거의 감지할 수 없을 정도로 천천히 새벽빛이 밝아 왔다.

마침내 더 이상 잠들지 못한다는 사실에 절망하면서, 나는 침대에 앉아 주위를 둘러보았다. 서늘한 새벽빛이 방 전체를 드러내 주었다. 방은 전에 내가 잠들던 방보다 훨씬 넓고 더 좋은 가구들로 가득 차 있었다. 벽감 안의 조그만 받침대에 놓인 초와 성냥이 희미하게 보였다. 여름이긴 했지만 이른 아침의 한기에 몸을 떨며 나는 이불을 걷어 내고 침대를 벗어나 초에 불을 붙였다. 벽걸이에 걸려 달그락거리는 촛불 끄개처럼 심하게 몸을 떨며 나는 비틀비틀 거울 앞으로 걸어갔다. 그러고는 거울 속을 들여다보았다. 그것은, 엘비스햄의 얼굴이었다!

이미 어지간히 놀란 뒤였지만 그걸 보자 다시금 공포가 밀려들었다. 그는 실제로도 그렇긴 했지만, 여기저기 해진 조악한 플란넬 잠옷을 걸치고 있는 데다 힘줄이 솟아 있는 야윈 목 때문인지, 더욱 쇠약하고 불쌍해 보였다. 이제 나 자신의 육체가 되어 버린 저 처량하게 늙은 육신을 나는 묘사해 낼 자신이 없다. 움푹 파인 볼, 지저분하게 헝클어진 채 길게 늘어뜨려진 회색 머리칼, 진물이 흐르는 흐릿한 눈, 간단없이 떨리는 입술, 벌어진 입안으로 보이는 끔찍한 어둠 속에 낮게 처져 번들거리는 분홍색의 잇몸들…… 몸과 마음이 다르지 않은, 영육의 나이가 동일한 당신으로서는 악마가 스며든 것 같은 이 상황을 도저히 상상할 수 없을 것이다. 젊음을 되찾기 위해, 청년의 욕망과 에너지를 다시 채우기 위해, 그것을 부여잡기 위해, 속절없이 무너지고 있는 육체의 몰락을 부서뜨리기 위해 나는 무엇을 어떻게 해야 한단 말인가…….

하지만 이건 내가 하려는 이야기의 핵심은 아니다. 한동안 나는 내게 닥친 변화에 완전히 이성을 빼앗겨 버렸음에 틀림없다. 한낮이 될 때까지 나는 아직 무엇을 어떻게 해야 하는지에 대해 아무 생각도 하지 못했다. 마술이 아니고서는 어떻게 이런 일이 일어났는지를 설명한다는 건 불가능했다. 엘비스햄 선생이 지닌 악마적인 능력이 나를 빼앗아 간 것일까? 그의 몸속에 나 자신이 들어가 있다는 사실은 그렇게 되었음을 말해 주는 것이다. 결국 그는 나의 육체를, 나의 힘을, 그리고 나의 미래를 소유하게 된 것이다. 하지만 어떻게 이걸 증명할 수 있단 말인가? 이 일은 너무도 믿을 수가 없어서, 마음이 현기증을 일으키듯 빙글빙글 돌았다.

내게 일어난 사실들과 맞서기 위해 나는 다시 한 번 이빨이 없는 잇몸을 만져 보고, 거울에 나를 비춰 보고, 내 주변의 물건들을 만져 보았다. 혹시 과거의 내 삶이 환각이었던 건 아닐까? 실제로는 내가 엘비스햄이고, 그가 나였던 건 아닐까? 그렇다면 지난밤 나는 이든의 꿈을 꾼 것일까? 이든은 어디 있는 거지? 하지만 내가 만약 엘비스햄이 맞다면, 나는 지난 아침 내가 어디에 있었는지를 기억할 것이고, 내가 살고 있는 동네의 이름을 기억할 것이고, 꿈을 꾸기 전에 있었던 일들을 모두 기억할 것이 아닌가. 나는 내 생각들과 사투를 벌였다. 지난밤 내 기억이 뒤얽히던 기이한 현상을 떠올려 보았다. 하지만 내 기억은 또렷했다. 어떤 기억의 악령도 존재하지 않았으며, 내가 이든인 상태로 잠자리에서 일어났다는 사실은 물리칠 수 없는 사실이었다.

"이건 말도 안 돼!"

나는 빽빽거리는 목소리로 울부짖었다. 비틀거리며 일어나 연약하고 무거운 몸을 이끌고 세면대로 걸어가 차가운 물속에 백발을 집어넣었다. 그런 다음 수건으로 물기를 닦아 내고는 다시 생각에 몰입했다. 나아진 건 없었다. 나는 이든이지, 결코 엘비스햄이 아니었다. 하지만 이든은 엘비스햄의 육체 안에 갇혀 있지 않는가!

내가 만약 노인이 아니라 다른 연령의 남자가 되어 있었다면, 나는 내 운명에 매료되어 나 자신을 포기했을지도 모른다. 하지만 그건 일어나지도 않을 기적을 기다리는 것이나 마찬가지였다. 이건 마음이 부리는 속임수일는지도 몰랐다. 약의 효과 때문이라면, 약효가 계속되는 동안엔 어쩔 수가 없을 것이다. 하지만 약효가 떨어지면 다시 예전의 상태로 돌아가지 않을까? 누구나

가끔은 과거의 기억을 잃기도 한다. 하지만 사람으로 산 기억이 우산으로 산 기억으로 바뀔 수도 있단 말인가! 나는 웃음을 터뜨렸다. 하지만, 젠장, 웃음조차 건강하지 못했다. 숨이 차 씩씩거리는, 노인네의 키득거리는 웃음일 뿐이었다. 나는 늙은 엘비스햄이 내 절망을 비웃고 있는 모습을 상상할 수 있었다. 내 것이라고 하기엔 너무도 낯선, 한 덩어리의 끓어오르는 분노가 내 가슴을 쓸어 갔다. 나는 바닥에 놓인 옷들을 차근차근 입기 시작했다. 그리고 그것이 전날 저녁에 내가 걸치고 있던 옷이라는 걸 깨달았다. 양복장을 열었다. 몇 벌의 평상복과 격자무늬 바지 하나, 그리고 구식 실내복이 보였다. 나는 나의 고색창연한 머리 위에 고색창연한 스모킹 캡✦을 덮어쓰고는 힘들게 기침을 하면서 층계참으로 비틀거리는 발길을 내려놓았다.

여섯 시 십오 분쯤 되었을 거라는 생각이 들었다. 블라인드는 거의 내려져 있고, 집은 적막에 싸여 있었다. 층계참은 넓었고, 커다랗고 푹신한 카펫이 깔린 계단은 홀 아래의 어둠 속에 잠겨 있었다. 내 앞에 놓인 빠끔 열린 문틈으로 글을 쓸 때 사용하는 작은 책상과 회전식 책꽂이, 책을 읽을 때 앉곤 하던 의자의 뒷면, 그리고 잘 정돈된 두꺼운 표지의 책들이 얹힌 선반들이 보였다.

....

✦ 담배 냄새가 배지 않도록 머리에 쓰는 모자.

"내 서재군."

나는 층계참을 걸어 내려가며 중얼거렸다. 내 목소리가 귓속으로 밀려든 순간 어떤 생각 하나가 떠올랐다. 나는 침실로 돌아가 입안에다 틀니를 끼워 넣었다. 틀니는 오랜 습관처럼 자연스럽게 잇몸에 물렸다.

"한결 낫군."

나는 틀니를 우물거리며 다시 서재로 발길을 돌렸다.

책상 서랍은 잠겨 있었다. 회전하게 되어 있는 책상의 상판 역시 잠겨 있었다. 열쇠가 어디에 있는지 감을 잡을 수가 없었다. 바지 주머니에는 아무것도 들어 있지 않았다. 나는 발을 질질 끌며 곧바로 침실로 돌아가 야회복을 샅샅이 살펴본 다음, 눈에 띄는 옷들의 주머니들을 샅샅이 뒤졌다. 도둑질에 열중해 있는 도둑을 연상해 본다면 내가 어떻게 하고 있었는지를 쉽게 알 수 있을 것이다. 열쇠뿐만 아니라 주머니에서는 동전 한 닢, 종잇조각 하나 발견되지 않았다. 단지 있는 거라곤 지난밤 식당에서 받은 영수증뿐이었다.

기이한 피로감이 엄습했다. 나는 그 자리에 주저앉아 주머니가 까뒤집힌 채 여기저기 널려 있는 옷들을 노려보았다. 최초의 내 발작은 그렇게 스러져 버렸다. 매 순간 나는 내 적이 만들어 놓은 엄청나게 지능적인 계획과 희망 없는 나의 상태가 돌이킬 수 없는 사실임을 깨달았다. 이윽고 나는 자리에서 일어나 다리를 절며 황급히 다시 서재로 향했다. 하녀 하나가 계단 위에 서서 블라인드를 끌어올리고 있었다. 가만 생각해 보니, 그녀는 그때 내 얼굴에 드러난 표정을 읽었던 것 같다. 나는 서재의 문을 닫아걸고 벽난로에서 꺼낸 부지깽이로 책상을 내리치기 시작했다. 책상의 상판이 벗겨지고, 자물통이 부서졌다. 편지들이 정리함 밖으로 흩어져 나와 방 여기저기 흩뿌려졌다. 늙어 비틀어진 노인의 분노 속에서 나는 펜과 다른 가벼운 문방구들을 집어던지고 잉크병을 엎어 버렸다. 이미 벽난로 위에 얹혀 있던 커다란 꽃병은 깨어져 있었다. 그건 어떻게 된 일인지 나는 알지 못한다. 수표책은 보이지 않았다. 한 푼의 돈도, 내 몸을 회복시킬 최소한의 소용에 닿는 물건도 보이지 않았다. 집사와 두 명의 하녀들이 달려와 내 팔을 붙들 때까지 나는 부지깽이로 책상 서랍을 미친 듯이 내리쳤다.

* * *

이 이야기는 단지 내 변화에 관한 것일 뿐이다. 누구도 나의 이 해괴한 이야기를 믿으려 하지 않을 것이다. 나는 실성한 노인 취급을 받고 있다. 결국 지금 나는 감금되어 있다. 하지만 내 정신은 끔찍하도록 멀쩡하며, 이것을 증명하기 위해 나는 책상 앞에 앉아 내게 일어난 일들을 하나도 빠뜨리지 않고 쓰고 있는 것이다. 나는 이 글을 읽는 분에게, 문체나 구성 따위에 정신이상의 어떤 기미가 있는지 면밀히 살펴볼 것을 호소하는 바이다.

나는 한 노인의 육체에 갇혀 버린 젊은 남자다. 하지만 명백한 사실은 그 누구도 믿지 않는다는 것이다. 이 사실을 믿지 않는 사람들에게 내가 실성한 것으로 보인다는 건 당연한 일이며, 내가 내 비서라는 사람들과 나를 찾아온 의사들, 부리는 사람들과 이웃들의 이름을 알지 못하는 것도 당연하거니와, 나 자신이 발견된 (그곳이 어디든) 동네의 이름 또한 내가 알지 못하는 건 당연한 일이다. 나 자신의 집에서 나 자신을 잃어버렸다는 것도, 모든 종류의 불편함을 감수해야 하는 것도 또한 당연하다. 세상에서 가장 이상한 질문들을 던지게 되는 것도 당연한 일이다. 당연히 나는 슬피 울며 소리를 지르고, 절망적으로 발작을 일으킨다. 내게는 한 푼의 돈도 수표책도 없다. 은행은 내 서명을 인정하지 않는다. 지금 내가 갖고 있는 쇠약한 몸뚱어리와는 아무런 상관없이 여전히 내 필체는 이든의 필체이기 때문이다. 내 주변의 사람들이 개인적으로 은행에 가도록 내버려 두지도 않는다. 런던으로 갈 수만 있다면 내 계좌에서 돈을 인출할 수 있을 것이다. 엘비스햄은 아마도 집안사람들에게 변호사의 이름조차 가르쳐 주지 않았던 것 같다. 나는 아무것도 드러내 보일 수가 없다.

엘비스햄이 뛰어난 정신과학자였다는 사실은, 결국 이 사건에 대한 나의 모든 설명들이 지나치게 심리학에 심취한 나머지 발생한 정신이상 증세라는 이론을 확정해 주었다. 개인의 정체성을 뒤바꿔 버리는 꿈을 실현하다! 이틀 전, 나는 앞길이 열려 있는 건강한 청년이었다. 그런데 지금 나는 분노로 가득 찬, 너저분하고 절망과 슬픔에 휩싸인, 크고 화려하고 이상한 집 안을 어슬렁거리며 돌아다니는, 주위의 모든 사람들에게 미치광이 취급을 받으며 감시당하고 그들을 두렵게 하고 피하게 만드는, 한 늙은이가 되어 있다. 그리고 엘비스햄이란 자는 지금 칠십 년을 축적한 지식과 지혜로 무장한 채 런던에서 활력 넘치는 육체를 가지고 새로운 삶을 시작하고 있다. 그가 내 인생을 강탈해 간 것이다.

무슨 일이 일어났는지, 나는 명확히 알지 못한다. 서재에는 주로 기억의 심리학과 관련이 있는, 손으로 쓴 보고서 여러 개가 있는데, 내게는 전혀 낯설기만 한, 수학인 것 같기도 하고 암호인 것 같기도 한 상징들이 쓰여 있을 뿐이다. 어떤 글들은 그가 수학에도 조예가 깊었다는 사실을 암시하고 있다. 나는 그가 자신의 기억들 전부를 자신의 늙고 쇠약한 뇌에서부터 나의 뇌로 옮겨 놓았으며, 같은 수법으로 나의 재산을 자신의 재산으로 바꿔 버렸다고 생각한다. 다시 말해, 실제로 그는 육체까지 바꾸었다. 하지만 그런 변화가 어떻게 가능한 것인지는 내가 판단해낼 수 있는 범위에 들지 못한다. 한 사람의 유물론자에 지나지 않았던 내가, 지금, 여기서, 갑자기 사람이 물리적으로 분리될 수 있다는 명백한 사례가 되어 버린 것이다.

이제 나는 하나의 절망적인 실험을 막 시도하고 있다. 나는 출판을 염두에 두고 지금 책상 앞에 앉아 글을 쓰고 있다. 오늘 아침, 식사 도중에 숨겨 넣어 온 나이프의 도움으로, 부서진 책상에 딸려 있는 멋진 비밀 서랍을 따는 데 성공했다. 그 서랍 안에는 흰 가루가 담긴 조그만 녹색 유리병을 제외하고는 아무것도 없다. 유리병의 목둘레에 라벨이 하나 붙어 있는데, 이런 글씨가 쓰여 있다.

'여시오.'

이것은 아마도 — 거의 분명히 — 독약일 것이다. 엘비스햄은 자신이 행한 일에 대해 살아 있는 유일한 목격자인 나를 제거하기 위해, 결국 내가 발견할 수 있도록 은밀하게 숨겨 놓았다는 것을 나는 확신한다. 인간은 실제로 불멸의 문제를 풀어 왔다. 운만 따라 준다면, 그는 늙을 때까지 내 몸속에서 살아갈 것이다. 그러고는 다시 젊고 건장한 희생자를 찾아 그 안으로 기어 들어갈 것이다. 나날이 경험이 쌓이는 걸 생각할 때마다 자신이 얼마나 비정한 인간인지를 상기하게 되긴 하겠지만…… 과연 얼마나 오랫동안 그는 이 몸에서 저 몸으로 갈아탈 수 있을지……. 이제 쓰는 것도 지겹다. 가루는 물속에 녹아들고 있다. 맛은 생각보다 나쁘지 않다.

* * *

이상의 이야기는 엘비스햄 씨의 책상 끝에서 발견되었다. 그의 시체는 책상과 의자 사이에 걸쳐져 있었다. 의자는 돌려져 있었는데, 아마도 마지막에 그가 발작을 일으켰기 때문일 것이다. 그의 이야기는 연필로 휘갈긴 글씨로 쓰여 있었는데, 평소 그의 세심한 성격과는 많이 달랐다. 그의 기록에서 단지 두 가지 사실이 의문으로 남아 있다. 하나는, 당연한 일이었겠지만, 엘비스햄 씨의 전 재산이 그 젊은이에게로 유증遺贈된 이후 이든과 엘비스햄 씨 사이에 모종의 거래가 있었다는 것이다. 또 하나는, 이든이 그의 유산을 한 푼도 물려받지 못했다는 사실이다. 엘비스햄이 자살을 기도했을 때, 정말 이상한 일이지만, 이든은 이미 죽은 사람이었기 때문이다. 엘비스햄이 죽기 24시간 전, 그는 마차에 치여 즉사한 것이다. 고어 가와 유스턴 가로 갈라지는 복잡한 교차로에서였다. 이 환상적인 이야기에 빛을 던질 수 있는 유일한 사람이었는데, 질문에 답할 수 없는 곳으로 가버리고 말았다. 더 이상 이야기를 끄는 것은 무의미하다. 독자들의 개인적인 판단에 이 예사롭지 않은 문제를 남겨 놓는다.

수정 계란

The Crystal Egg

일 년 전만 해도, 세븐 다이얼스❖ 부근에 'C. 케이브, 박물학자 겸 각종 유물 판매인'이라는, 비바람에 닳은 누런 글씨가 새겨진, 지저분해 보이는 작은 가게가 하나 있었다. 창문에는 이상할 정도로 다채로운 물건들이 붙어 있었다. 그들 중에는 몇 개의 상아와 듬성듬성 말들이 빠진 한 벌의 체스, 가늠쇠가 붙은 총기류, 호랑이의 눈알 한 상자와 머리 두 개, 사람의 두개골, 좀이

....

❖ 일곱 개의 거리가 모이는 코벤트 가든 인근에 있는 런던 서부 말단의 교차로. 작은 곳이지만 널리 알려져 있는데, 둥그런 공간의 중앙에 세워진 석주에 여섯 개(일곱 개가 아님)의 해시계가 달려 있다.

✝ 수정 계란 ✝

슬은 여러 개의 박제 원숭이(하나는 램프에 걸려 있다), 구식 캐비 닛, 쉬파리가 알을 깔겨 놓은 타조 알 하나, 낚시 도구 몇 개, 그 리고 유난히 지저분한 빈 유리 어항이 포함되었다. 그것 외에도, 이 이야기가 시작될 순간에 막 들어온, 계란 모양의 아주 밝게 반짝이는 한 덩이의 수정이 있었다.

길을 가던 두 사람이 창문에 붙어 서서 가게 안을 들여다보고 있었는데, 한 사람은 키가 크고 호리호리한 성직자였고, 다른 한 사람은 검은 턱수염을 기른 젊은 남자로 얼굴이 가무잡잡하고 옷을 점잖게 차려입었다. 가무잡잡한 얼굴의 젊은 남자는 열정 적인 몸짓으로 뭐라고 떠들어 대고 있었는데, 함께 있던 사람이 가게 안의 어떤 물건을 살까 봐 염려하는 듯 보였다.

그들이 창문에 붙어 서 있는 동안 케이브 씨가 가게 안으로 들어섰다. 그의 턱수염에는 홍차와 함께 먹은 버터 바른 빵 조각 이 매달려 흔들거리고 있었다. 그는 창가에 붙어 선 두 사람과 그들이 관심을 가진 물건을 번갈아 바라보고는 침통한 표정을 지었다. 마치 죄라도 지은 양 그는 고개를 돌려 어깨 너머로 그 들을 노려보더니 살그머니 문을 닫아 버렸다. 케이브 씨는 창백 한 얼굴에 유난히 물기 어린 푸른색 눈을 가진 작은 몸집의 노인 이었다. 머리칼은 탁한 회색빛이었고, 남루한 푸른색 프록코트 를 입고 있었으며, 오래된 실크 모자를 쓰고 뒤축이 심하게 닳은 모직 슬리퍼를 신었다. 두 사람이 얘기를 나누고 있는 동안 그는 여전히 그들로부터 눈을 떼지 않았다. 성직자는 바지 주머니에 손을 넣고 돈이 얼마나 있는지를 확인하고는 치아를 드러내 보이며 기분 좋은 미소를 짓고 있었다. 두 사람이 가게 안으로 들어서자 케이브 씨의 표정은 훨씬 더 언짢아 보였다.

성직자는 아무런 인사말도 건네지 않고 대뜸 계란 모양의 수정을 가리키며 값을 물었다. 케이브 씨는 응접실과 통해 있는 문을 향해 신경질적으로 고개를 돌리며 5파운드라고 말했다. 성직자는 케이브 씨에게는 물론 자신의 친구에게도 값이 너무 비싸다며 항의를 했다. 사실 그 값은 케이브 씨가 그것을 사들일 때 제시했던 것보다 훨씬 높은 가격이었다. 성직자가 값을 깎아 달라고 몇 번이나 얘기를 하자, 케이브 씨는 가게 출입문으로 걸음을 옮기더니 문을 열어젖혔다.

"5파운드는 정당한 가격이오."

이득도 없는 논쟁 따위는 벌이고 싶지 않다는 듯 그가 말했다. 그가 그렇게 말했을 때, 거실로 통하는 문 위쪽 창유리에 걸쳐져 있던 블라인드 위로 어떤 여자의 얼굴이 나타나더니 두 손님을 호기심 어린 눈으로 응시했다.

"5파운드는 정당한 가격이오."

케이브 씨의 떨리는 목소리가 다시 한 번 흘러나왔다.

케이브 씨가 날카롭게 쏘아보고 있는 동안 아무 참견도 하지 않고 있던 검은 피부의 젊은 남자가 마침내 입을 열었다.

"5파운드를 드리세요."

성직자는 진심이냐고 묻는 듯 그를 쳐다보았다. 그가 케이브 씨에게로 다시 눈길을 돌렸을 때, 케이브 씨의 얼굴은 하얗게 질려 있었다.

"너무 비싼 거 같은데……."

성직자는 그렇게 말하고는 주머니에 손을 집어넣고 돈을 헤아려 보기 시작했다. 그는 30실링✦ 좀 넘게 갖고 있었는데, 무척 친밀한 사이로 보이는 젊은 남자에게 돈을 좀 보태 달라고 부탁했다. 그걸 본 케이브 씨는 열심히 머리를 굴리더니 사실 그 수정은 함부로 팔 물건이 아니라고 우물쭈물 설명을 늘어놓기 시작했다. 케이브 씨의 두 손님은 그의 말에 당연히 놀라며 흥정을 하기 전에 왜 미리 얘기하지 않았는지를 따졌다. 당황한 표정이 역력한 케이브 씨는, 그 수정은 그날 오후에 매장에서 철수시킬 생각이었다고, 그건 수정의 임자가 따로 있을 것이기 때문이라고, 구차하게 자신의 주장을 계속 펴나갔다. 케이브 씨의 말은 값을 더 올리기 위한 수법일 뿐이라고 치부한 두 사람은 금방이라도 가게를 떠날 것 같은 태도를 보였다. 바로 그때 거실로 통하는 문이 열리면서 어두운 블라인드 뒤에 숨어 있던 여자의 조그만 두 눈이 나타났다.

✦ 소설의 배경이 되던 시대의 화폐 단위로는, 1파운드=20실링=240펜스.

그녀는 천한 인상에 뚱뚱한 여자로, 케이브 씨보다 젊고 몸집이 컸다. 육중한 몸을 움직이며 여자가 그들 앞으로 걸어왔다.

　　"저 수정은 파는 게 맞습니다."

　　그녀가 환한 표정을 지으며 말을 이었다.

　　"5파운드면 아주 좋은 가격이죠. 케이브, 왜 저 신사분들의 제의를 받아들이지 않는지 당신을 이해할 수가 없네요!"

　　여자의 출현에 당황한 케이브 씨는 안경 너머로 화난 듯 그녀를 쏘아보더니, 자신감을 잃은 목소리로, 자기에겐 자신의 방식대로 거래할 권리가 있음을 역설했다. 그리고 부부 사이에 언쟁이 시작되었다. 손님 둘은 그 장면을 흥미로우면서도 놀라운 표정으로 지켜보았는데, 때때로 케이브 부인을 거들기도 했다. 화가 잔뜩 난 케이브 씨는, 그날 아침 수정을 조사하면서 일어난 괴상하고도 믿기 힘든 이야기를 늘어놓았는데, 그의 흥분한 상태가 점점 고통으로 변해 갔다. 하지만 그는 자신의 그 유별난 고집을 꺾지 않았다. 그 괴상한 논쟁에 종지부를 찍은 것은 젊은 동양인이었다. 그는 이틀 후에 다시 찾아올 테니 그동안 구매를 원하는 사람에게 공정한 기회를 주자고 제의했다.

　　"그때 가서도 안 팔리고 있다면 저희가 5파운드를 드리겠습니다."

　　성직자가 한 말이었다. 케이브 부인이 남편을 대신해 사과를 하고는, 가끔 남편이 이상하게 굴기도 한다고 덧붙였다. 두 사람이 가게를 떠나자 케이브 씨 부부는 방금 있었던 일에 대해 시시콜콜 따져 가며 한바탕 논쟁을 치를 태세를 갖추기 시작했다.

케이브 부인은 남편에게 단도직입으로 따졌다. 폭발 직전의 감정을 추스르며 부들부들 떨고 있던 왜소한 체구의 그 불쌍한 남자는, 앞으로 사러 올 다른 손님에게 팔면 되는 거라고 하면서 수정 계란은 10기니❖는 충분히 받을 만한 물건이라고 강변했다.

"그럼 왜 5파운드를 불렀어요?"

아내가 물었다.

"제발, 내 방식대로 하도록 내버려 둬!"

케이브 씨가 목청을 높였다.

케이브 씨는 의붓자식 둘과 한집에 살고 있었는데, 하나는 딸이고 하나는 아들이었다. 이슥한 밤, 네 식구가 모여 저녁을 먹는 자리에서 이 문제가 다시 불거져 나왔다. 케이브 씨의 상술에 높은 점수를 주기는커녕 바보 멍청이 같은 짓이었다는 게 그들의 의견이었다.

"제가 기억하기로는 전에도 그 수정을 팔지 않았어요."

열여덟 살 먹은 사지 멀쩡한 시골뜨기 의붓아들이 말했다.

"5파운드면!"

따지기 좋아하는 스물여섯 의붓딸이 거들었다.

....

❖ 21실링에 해당하는 영국의 옛 금화. 10기니=210실링=10.5파운드.

케이브 씨가 내놓은 답변들은 궁색하기 이를 데 없었다. 그는 단지 자신의 장사법이 최고라고 어줍게 웅얼거릴 뿐이었다. 그들이 얼마나 몰아세웠는지 그는 식사를 하다 말고 늦었으니 문을 닫아야 한다면서 가게로 나가 버렸다. 그의 귀는 시뻘겋게 달아올랐고, 속이 상해 눈물까지 고인 것이 안경 너머로 내비쳤다. 왜 그렇게 오래도록 창가에다 수정을 진열해 놓았던가? 바보같이! 그 사실이 그의 가슴을 갑갑하게 옥죄어 왔다. 아무리 생각해 봐도 판매를 피할 방법을 찾을 수가 없었다.

　　저녁 식사를 마친 뒤 그의 의붓딸과 의붓아들은 말끔하게 차려입고서는 외출을 했고, 그의 아내는 수정 거래에 얽힌 일에 대해 곰곰 생각해 봐야겠다며 뜨거운 물에 설탕과 레몬을 넣고는 위층 침실로 올라갔다. 케이브 씨는 늦도록 가게 안에 있었다. 겉으로는 금붕어 어항에 쓸 장식용 정원을 만드는 것처럼 말했지만, 실은 나중에 손님들이 들이닥쳤을 때 어떻게 설명하면 좋을지를 궁리하려는 뜻이었다.

　　이튿날 케이브 부인은 창가의 진열대가 아닌 낚시도구들 위에 쌓아 놓은 헌책 더미 뒤에서 수정 계란을 발견했다. 그녀는 그것을 눈에 잘 띄는 곳에다 도로 갖다 놓았다. 하지만 그녀는 다시 말다툼을 벌여서 괜히 골치 아파지고 싶지 않아서 더 이상 그 문제를 거론하지는 않았다. 케이브 씨야 언제든 논쟁을 피하는 사람이었다. 그날은 언짢은 기분으로 하루가 지나갔다. 케이브 씨는, 웃기게도 평상시보다 건망증이 더 심했고, 게다가 보기 드물게 짜증을 부렸다. 아내가 낮잠을 자고 있던 오후, 그는 진열대에서 수정 계란을 치워 버렸다.

다음 날, 케이브 씨는 어느 의과대학에서 해부용으로 쓸 돔발상어를 배달하러 갈 일이 생겼다. 케이브 부인은 남편이 없는 틈을 타서 수정 계란 문제를 다시금 생각해 보았는데, 5파운드에 팔아치울 수 있다면 횡재나 다름없는 일이라는 결론에 도달했다. 출입문에 매달린 종이 딸랑딸랑 울리는 소리를 듣고 거실에서 가게 안으로 들어서던 그녀의 머릿속은 이미 녹색 실크 드레스 한 벌에 리치먼드로의 여행 따위가 포함된, 기분 좋게 돈 쓸 생각들로 꽉 차 있었다. 그런데 가게로 들어온 손님은 전날 배달되어야 할 개구리가 아직 오지 않았다며 따지러 온 과학실험실 교사였다. 케이브 부인은 남편이 벌여 놓은 일들이 못마땅하기 짝이 없었다. 다소 거칠게 따지고 들던 신사는 몇 마디 말이 오가고 난 뒤 조용해졌다. 그때, 케이브 부인의 눈길이 자연스럽게 창가의 진열대로 갔다. 수정 계란은 5파운드짜리 보험이자 그녀의 꿈이었다. 그런데 그 수정 계란이 감쪽같이 사라지고 없었다.

그녀는 계산대의 사물함 쪽으로 걸어갔다. 전날 수정 계란을 찾아냈던 곳이었다. 하지만 거기에도 수정 계란은 없었다. 그녀는 화가 잔뜩 나서 곧장 가게 안을 뒤지기 시작했다.

오후 두 시 십오 분쯤, 돔발상어를 배달하고 가게로 돌아온 케이브 씨는 적잖은 소동이 벌어졌다는 걸 눈치챘다. 그의 아내는 극도로 흥분한 상태로 계산대 뒤편 박제들 사이에서 무릎을 꿇은 채로 울부짖고 있었다. 그가 돌아온 걸 알리는 출입문의 종이 딸랑거리며 울리자마자 분노로 벌겋게 달아오른 그녀의 얼굴이 계산대 위로 나타나는가 싶더니, "어디다 숨겼어요?"라는 소리가 그를 향해 곧장 날아들었다.

"숨겨? 뭘?"

케이브 씨가 물었다.

"뭐긴 뭐예요, 수정 계란이지!"

그 순간, 놀라 자빠질 것 같은 표정으로 케이브 씨가 창가로 달려갔다.

"여기 없었어?"

그가 말을 이었다.

"맙소사! 어떻게 된 일이야?"

바로 그때 케이브 씨의 의붓아들이 안쪽 방에서 가게로 들어와서는 거리낌 없이 욕설을 퍼부어 대기 시작했다. 그는 케이브 씨가 가게로 오기 직전에 집으로 돌아와 있었다. 그는 큰길 아래쪽에 있는 중고가구상에서 견습생으로 일하고 있었는데, 식사를 집에서 해결했다. 식사 준비가 되지 않은 걸 보고 그는 당연히 짜증을 부린 것이었다.

하지만 수정 계란이 없어졌다는 얘기를 듣자 케이브 씨의 의붓아들은 식사도 잊은 채 제 어머니로부터 의붓아버지에게로 몸을 돌렸다. 두 사람에게 맨 먼저 떠오른 생각은, 물론 케이브 씨가 수정 계란을 숨겼으리라는 것이었다. 하지만 케이브 씨는 수정의 행방에 대해 아는 게 아무것도 없다며 완강하게 부인했다. 여기에 그치지 않고 그는 이 문제에 대해 법적으로 문제 삼을 거라고 말하면서 반드시 고소장 맨 앞머리에 자신의 아내와 의붓아들이 공모해 수정 계란을 몰래 팔아 버렸다는 사실을 집어넣겠다고 공언했다. 덕분에 무척이나 신랄하고 감정적인 논쟁이 시작되었는데, 케이브 부인이 히스테리 발작을 일으키고 나서야 끝이 났다. 그 때문에 케이브 씨의 의붓아들은 삼십 분이나 뒤늦게 가구 공장으로 가야 했다. 그리고 케이브 씨는 아내의 성화를 피할 수 있는 가게 안에 있는 자신만의 피난처로 숨어 들어갔다.

그날 저녁, 흥분을 가라앉히고 논리적으로 따져 보자며 의붓딸의 주도로 사라진 수정 계란 문제가 다시 거론되었다. 식사 시간은 우울하게 지나갔고, 고통은 끝 모르게 치솟아 올랐다. 결국 극도로 흥분한 케이브 씨는 출입문을 거칠게 닫고 아예 집을 나가 버렸다. 아버지가 나가 버리자 온갖 얘기들을 거칠 것 없이 쏟아 놓던 세 사람은 다락방에서 천장까지 수정을 찾겠다는 일념으로 집 안을 샅샅이 뒤지기 시작했다.

다음 날, 전에 들렀던 두 사람이 가게를 다시 찾아왔다. 그들은 울음을 터뜨리기 일보 직전의 케이브 부인과 마주쳐야 했다.

그녀는 여러 번 결혼에 실패하고 겨우 케이브 씨로부터 안정을 얻게 되었는데, 누구도 상상할 수 없는 일을 당하고 말았다는 거였다. 이어서 그녀는 수정 계란이 사라져 버린 데 대해 주절주절 떠들어 댔다. 성직자와 동양인 남자는 서로를 바라보며 소리 없이 웃음을 주고받았다. 그러고는 정말 이해할 수 없는 일이라고 말했다. 케이브 부인이 자신이 살아온 내력을 그들에게 몽땅 들려주겠다는 듯한 태도를 보이자, 두 사람은 가봐야겠다고 말했다. 그때까지도 케이브 부인은 여전히 희망의 끈을 놓지 않은 채로 성직자에게 주소를 묻고는 남편으로부터 뭔가를 캐내면 곧 연락을 하겠노라고 했다. 하지만 케이브 부인은 당시 성직자가 분명히 주소를 적어 주긴 했지만 그걸 어디다 두었는지에 대해서는 전혀 기억나는 게 없다고 한다.

그날 저녁, 케이브 씨네 가족들은 감정이 고갈돼 버린 것 같았다. 오후 내내 집을 나가 있었던 케이브 씨는 우울한 표정으로 홀로 앉아 겨우 밥술갈을 떴는데, 며칠 전까지 열심히 논쟁을 벌이던 모습과는 너무도 대조적이었다. 아까부터 케이브 씨 집 안에는 아주 불쾌한 긴장감이 돌고 있었다. 하지만 그게 사라진 수정 때문인지, 손님이 다시 찾아온 것 때문인지는 알 수 없었다.

이쯤에서 거두절미하고 우리는 케이브 씨가 거짓말쟁이라는 걸 시인해야만 한다. 그는 수정이 어디에 있는지를 너무도 잘 알고 있었기 때문이다. 그것은 웨스트번 가의 성 캐서린 병원에서 실험실 조수로 일하고 있는 제이코비 웨이스의 집에 모셔져 있다. 수정 계란은 한쪽 부분이 검정 벨벳으로 가려져 있는 식기장 위에 세워져 있으며, 옆에는 미국산 위스키가 놓여 있다.

사실 지금 하는 이 이야기는 웨이스 씨로부터 흘러나온 얘기에 근거해서 쓰는 것이다. 케이브 씨는 돔발상어를 병원으로 배달하러 갈 때 그 꾸러미에다 수정을 숨겨서 가져갔는데, 이는 의붓아들의 감시의 눈초리를 피하기 위해서였다. 처음에 웨이스 씨는 적잖이 불안했다. 케이브 씨와의 관계가 썩 편한 것만은 아니기 때문이었다. 그는 독특한 취향을 가진 사람으로 이 노인네를 몇 차례 집으로 초대해서 담배를 피우고 술을 마신 적이 있었다. 그 자리에서 케이브 씨는 일반적으로는 매우 놀라운 얘기들을, 특히나 자신의 아내에 대해 털어놓았다. 케이브 씨가 집으로 돌아가지 않았던 그날, 웨이스 씨는 길에서 우연히 케이브 부인과 마주친 적이 있었다. 그는 케이브 씨가 지속적으로 시달림을 받고 있다는 사실을 알고 있었고, 그 사실을 사심 없이 판단한 결과 수정을 숨겨 주는 게 옳다는 결정을 내렸다. 케이브 씨는 수정에 대해 자신이 왜 그토록 애착을 가지고 있는지에 대해서는 나중에 자세하게 들려주겠다는 약속을 하면서, 자신은 그 수정을 통해 뭔가를 보았다고 힘주어서 말했다. 그가 웨이스를 찾아온 것은 바로 같은 날 저녁이었다.

그는 복잡하게 얽힌 이야기를 들려주었다. 그가 말한 수정은 어떤 호기심 많은 상인으로부터 억지로 떠넘겨 받은 물건들 안에 묻혀 들어왔는데, 그게 어느 정도의 값이 나가는 물건인지를 알 수가 없어서 그냥 10실링이라는 가격표를 붙여 놓았다고 했다. 몇 달 동안 그 가격표가 그대로 붙어 있다가, 어느 날 눈에 띄었을 때 문득 '모양에 비해 너무 헐값이군' 하는 생각이 들었다.

당시 그의 건강은 아주 좋지 않았는데 ─ 그의 신체 상태가 쇠퇴기에 접어들어 있었다는 것을 꼭 기억해 두기 바란다. 이 사실은 그가 겪게 되는 모든 경험들과 관계가 있을지도 모르기 때문이다 ─ 더구나 자신의 아내와 의붓자식들로부터 받는 멸시와 천대로부터 심각한 정신적 고통을 느끼고 있었다. 그의 아내는 허영과 낭비벽이 있는 데다 냉혹하기까지 했으며, 음주벽마저 나날이 심해져 갔다. 의붓딸은 천박한 데다 도가 지나칠 정도로 드셌다. 의붓아들은 양아버지에 대해 품고 있는 적개심이 엄청나서 툭하면 으르렁거렸다.

케이브 씨는 자신이 하고 있는 사업에 대해서도 적잖은 중압감을 가지고 있었는데, 어떤 때는 그런 스트레스를 왜 확 풀어버리지 못하는지 웨이스로선 이해가 가지 않았다. 케이브 씨는 유복한 가정에서 자라 정상적인 교육을 받은 사람이었다. 그런 그가 몇 주 정도 계속 압박감에 시달리다가 급기야 우울증과 불면증에 걸리고 만 것이다. 가족들로부터의 시달림이 두려웠던 그는 견디기 힘들 정도로 머리가 복잡해지면 조용히 침대를 빠져나와 집 주변을 어슬렁거리며 돌아다니곤 했다. 그러던 8월 하순의 어느 새벽 세 시경, 가게로 돌아온 그에게 우연한 행운이 찾아든 것이다.

지저분하고 좁은 공간은 단 한 곳을 제외하고는 칠흑처럼 어두웠다. 그는 한 줄기 이상한 빛을 발견했다. 그곳으로 다가갔을 때 그는 그것이 수정 계란이라는 사실을 알았다. 그것은 창문 쪽 계산대의 한쪽 구석에 세워져 있었다. 덧문에 난 틈을 뚫고 들어온 한 줄기의 가느다란 빛이 수정에 반사되어 마치 가게 안을 가득 채우고 있는 것처럼 보였다.

케이브 씨는 자신에게 일어난 이 현상이 학창 시절 배웠던 광학의 법칙과 전혀 맞지 않는다는 사실을 깨달았다. 수정에 의해 굴절된 빛줄기들이 가게 안에 하나로 모아져 있다면 이해할 수 있었지만, 사방으로 흩어져 있다는 사실은 그가 아는 물리적 개념과 충돌하는 것이었다. 그는 수정으로 가까이 다가가 젊은 날의 과학적 호기심을 잠시나마 떠올리면서 그 안을 들여다보고 뭐라고 속삭이기도 했다. 그는 빛이 지속적으로 비치지 않는데도 수정 계란의 내부에 여전히 빛들이 소용돌이치고 있다는 사실을 발견하고 놀랐다. 그것은 마치 공 모양의 텅 빈 공간이 빛을 발하는 증기로 가득 채워져 있는 것 같았다. 보는 각도를 달리했을 때 그는 놀라운 사실을 알게 되었다. 그것은 밖에서 들어오는 빛줄기와 수정 사이에 자신이 들어가 있어도 수정에는 여전히 빛이 남아 있다는 것이었다. 너무도 놀란 그는 수정을 집어 들어 빛이 비치는 곳으로부터 가게 안에서 가장 어두운 곳으로 그것을 가져갔다. 처음 오 분여 동안은 밝은 상태를 유지하던 수정은 점점 희미해지더니 완전히 빛을 잃었다. 낮이 되어 엷은 햇살에다 두었을 때, 수정은 거의 즉각적으로 빛을 저장했다.

적어도 이 대목까지는, 웨이스는 케이브 씨의 놀라운 이야기를 믿을 수가 있었다. 그는 수정을 직경 1밀리미터 이하의 광선에 반복적으로 노출시키는 실험을 해보았던 것이다. 또한 그는 벨벳으로 수정을 완전히 둘러싸는 것 같은, 완벽하게 빛이 차단된 조건에서 실험을 해보았는데 그럴 때도 아주 미미하긴 했지만 어김없이 인광을 뿜어냈다. 하지만 빛을 발하는 물질은 따로 있으며, 또한 빛이라고 모두의 눈에 똑같이 보이는 것도 아니다. 실제로 하빈저 씨 같은 분은 — 파스퇴르 연구소를 아는 과학 분야의 독자라면 그의 이름이 낯설지 않을 것이다 — 빛이라고 무조건 볼 수 있는 건 아니라고 언급한 바 있다. 빛을 식별하는 능력에 있어서 웨이스는 케이브 씨에 비하면 비교할 수 없을 정도로 낮았다. 케이브 씨와 함께 있을 때 그 능력이 얼마나 다채롭게 변하는지를 경험해 보아서 그는 잘 알고 있었다. 체력이 극도로 허약하고 피로한 상태에서도 그의 시력은 아주 생생했던 것이다.

처음부터 수정이 담고 있는 그 빛은 케이브 씨를 완전히 매료

시켜 버렸다. 그리고 그것은 어떤 감상적인 문학 작품이 해줄 수 있는 것 이상으로 고독한 영혼을 위로해 주었다. 그는 자신이 목격한 이상한 현상에 대해 누구에게도 말하지 않았다. 아마도 그는 늘 자신이 누리고 있던 기쁨을 잃어버릴지도 모른다는 불안감에 싸여 있었던 것 같다. 그는 새벽빛이 비치기 시작하면, 그러니까 쏟아져 들어오는 빛의 양이 증가하게 될 때, 수정은 빛을 비추지 못하는 사물로 바뀌어 버린다는 사실을 알아냈다. 그리고 얼마 전부터 그는, 밤 시간을 제외하고는 가게의 어두운 구석에 놓인 수정 속에서는 아무런 빛도 볼 수가 없었다.

하지만 광석 수집품들 뒤편에 배경으로 걸어 두던 오래된 벨벳 천을 이용해 수정을 이중으로 둘러싼 뒤에 머리 위로 들어 올렸을 때, 그는 낮인데도 수정 사이에 빛이 스며드는 것을 볼 수 있었다. 그는 아내가 그런 사실을 알아내지 못하도록 주의를 기울였다. 그래서 그런 실험은 아내가 위층으로 낮잠을 자러 가는 오후 시간에만, 그것도 계산대 아래쪽 빈 공간에서 신중하게 진행되었다.

그러던 어느 날, 손에다 넣고 수정을 돌리다가 그는 뭔가를 보았다. 섬광 같은 것이 번쩍하고 나타났다가 사라진 것이었다. 그것은 그에게 강렬한 인상을 남겼다. 그 불빛은 아주 잠깐 동안이었지만 그에게 전혀 경험하지 못한 광활한 세상을 보여 준 것이었다. 혹시나 싶어 수정을 다시 돌리자 막 빛이 사라지는가 싶더니 전과 똑같은 영상을 비추어 냈다.

이제 이런 식의 발견은 케이브 씨에게는 지루하기만 할 뿐, 그다지 필요한 것이 아니었다. 실험은 이 정도로 충분했다. 수정은 광선의 방향으로부터 약 137도로 안을 들여다볼 경우, 광활한 낯선 세계의 영상을 깨끗하고 지속적으로 제공했다. 그것은 결코 몽상이 아니었다. 그것은 또렷한 현실이었으며, 빛의 상태가 좋으면 좋을수록 더 사실적이고 구체적인 장면을 보여 주었다. 또한 그 장면은 움직이는 영상이었다. 말하자면, 어떤 물체들이 수정으로 된 계란 안에서 움직이는 것이었다. 속도가 좀 느릴 뿐 현실의 사물들처럼 질서정연하게 움직였고, 빛이 비치는 방향에 따라 영상과 형상들이 변했다. 그것은, 말하자면 타원형의 유리를 통해 바라보는 것과 흡사했다. 유리를 돌리면 다른 부분의 영상들로 바뀌었던 것이다.

웨이스 씨가 내게 확실히 말해 준 바에 따르면, 케이브 씨의 설명은 무척이나 자세했으며, 환상에 쉽게 사로잡히는 감성적인 성격에 의한 거라고는 전혀 생각할 수 없었다고 했다. 하지만 웨이스 씨가 직접 수정의 흐릿한 우윳빛 백광 속에서 명확한 영상을 보려 했던 모든 시도들이 하나도 성공을 거두지 못했다는 사실만큼은 독자들께서 꼭 기억해 두어야 할 것이다. 얼마나 밀도 깊게 느끼는가에 대한 두 사람 사이의 차이를 감안한다면, 케이브 씨가 명확하게 본 것이 웨이스 씨에게는 그저 흐릿한 성운에 불과했을지도 모른다는 사실은 충분히 납득할 만한 일이다.

케이브 씨가 묘사한 것에 따르면, 수정이 보여 주는 영상은 한결같이 광대한 평원이었는데, 그에게 그것은 마치 성의 망루나 배의 돛에 올라가서 아래를 내려다보는 풍경처럼 보였다. 평원의 동쪽과 서쪽은 드넓은 붉은 빛깔의 절벽들에 의해 경계를 이루었다. 그 모습은 그림을 보고 난 것처럼 기억에 남아 있었다 (하지만 역시 웨이스 씨로서는 그 그림을 보았다고 확신할 수 없었다). 절벽들은 평원의 남쪽과 북쪽으로도 연결되어 있었는데 ― 케이브 씨는 밤하늘에 나타난 별자리를 통해 그 방향을 구별할 수 있었다 ― 안개 속에 가려져 그 거리를 측정한다는 건 거의 불가능했다.

그는 동쪽에 위치한 절벽들 가까이로 시선을 옮겨 갔다. 처음 영상을 보았을 때, 해가 그 너머로 떠오르고 있었다는 것을 기억했다. 그러자 햇볕을 등진 것들은 검게, 그리고 그림자를 등진 것들은 파리하게 보이는, 한 날것의 무리가 나타났다. 케이브 씨의 눈에는 새 떼처럼 보였다. 그들의 발아래로는 온갖 건물들이 엄청난 넓이로 펼쳐져 있었다. 그는 마치 그 위에서 내려다보고 있는 것 같았다. 흐릿하게 굴절되어 보이는 그림의 가장자리로 눈을 가져가면 수정에 비치는 풍경도 불분명해졌다. 넓고 반짝거리는 수로 옆에 심어져 있는 특이한 모양의 나무들은 이끼가 잔뜩 덮인 것 같은 짙은 녹색에 아름다운 회색빛을 띠었다. 거기엔 멋진 빛깔을 가진 엄청나게 큰 뭔가가 그림을 가로지르며 날아가고 있었다. 케이브 씨가 이 그림들을 처음 보았을 때는 단지 번쩍이는 섬광만을 보았을 뿐이었다. 수정을 쥐고 있는 손을 흔들거나 머리를 움직이면 영상이 나타났다 사라지기도 하고 안개가 뿌옇게 깔리면서 흐릿해지기도 했다. 그때에는 일단 방향을 잃어버리면 다시 그림을 찾는 건 엄청나게 힘들었다.

그리고 나서 그가 다시 깨끗한 영상을 얻어 낸 것은 처음 그림을 보고 난 지 일주일쯤 뒤였다. 그 일주일 동안 그는 결코 포기하지 않고 끈질기게 수정을 들여다보았는데 유용한 결과를 얻을 수가 있었다. 처음 일주일이 지난 뒤, 다시 그에게 비쳐진 명료한 영상은 계곡을 따라 펼쳐진 풍경이었다. 그 영상은 전과는 다른 것이었는데, 그로부터 그가 얻은 확신은 관찰을 거듭하면 할수록 더 풍부한 영상을 얻을 수 있다는 사실과 보는 방향이 달라지더라도 수정에 비쳐지는 풍경은 똑같이 그 '낯선 세계'라는 사실이었다. 지붕이 굽어 보이는 거대한 건물의 기다란 앞쪽이 원근법에 의해 흐릿하게 보였다. 그에게 명확하게 보이는 것은 지붕이었다. 전면에서 보았을 때 건물의 정면은 엄청난 길이와 넓이를 가진 테라스였고, 테라스의 중앙에는 조그맣게 반짝이는 노을빛 물체들이 붙어 있는, 거대하지만 대단히 우아하고 높다란 기둥이 일정한 간격으로 세워져 있었다(이 높다란 기둥에 붙어 있는 조그만 물체들이 얼마나 중요한 것인지는 케이브 씨가 웨이스 씨에게 자기가 본 영상을 묘사한 뒤에야 밝혀졌다).

테라스 위로는 자태가 수려한 식물들이 무성하게 덤불을 이루며 자라고 있었는데, 그 너머로 넓은 초지가 펼쳐졌다. 그 넓은 풀밭에는 딱정벌레처럼 생겼지만 엄청나게 큰 생물들이 한가롭게 노닐고 있었다. 그 너머에는 다시 풍성하게 장식된 분홍색 돌들이 깔려 있고, 그보다 더 먼 쪽으로는 붉은 빛깔의 풀들이 촘촘하게 줄지어 심어져 있었다. 멀리 절벽들과 같은 방향으로 거울처럼 맑은 물길과 함께 계곡이 넓게 펼쳐졌다. 하늘 가득 커다란 새들이 무리를 지어 우아하게 곡선을 그리며 날고 있었다. 강 건너편에는 풍부한 색감과 금속성 무늬와 면을 가진 화려한 건물들이 이끼로 뒤덮인 것 같은 숲들 사이에 세워져 있었다.

그러다가 갑자기 뭔가가 영상을 가로지르며 반복적으로 날아들었다. 그것은 마치 보석으로 치장한 부채가 움직이는 것 같기도 하고 새가 날개를 펄럭이는 것 같기도 했는데, 커다란 눈을 가진 얼굴의 윗부분 같은 것이, 마치 수정의 안쪽 면에 나타난 것처럼 그의 얼굴 가까이로 다가왔던 것이다. 케이브 씨는 너무도 사실적인 그 두 눈에 놀란 나머지 자신이 들여다보고 있던 수정에서 얼른 눈을 떼고는 뒤를 돌아보았다. 메틸알코올과 퀴퀴한 곰팡내, 그리고 썩어 가는 냄새들로 가득한 자신의 조그만 가게 안 서늘한 어둠이 그에게로 밀려들었다. 그 어둠 속에서 그는 경이로움에 휩싸인 채로 수정을 들여다보고 있었던 것이다. 그가 자신의 주위를 잠깐 살펴보던 그 순간, 수정에 어려 있던 빛은 사라지고 없었다.

이상이 케이브 씨가 받은 대체적인 첫 인상들이다. 그의 이야기는 이상할 정도로 직접적이고 자세하다. 맨 처음 수정 속 계곡의 모습이 아주 잠깐 그의 눈에 섬광처럼 비쳤을 때, 그의 마음은 기묘하게 흔들리기 시작했다. 그리고 자신이 본 세세한 풍경들에 서서히 마음을 빼앗기기 시작하면서 놀라움은 열정으로 바뀌어 갔다. 그는 장사에 흥미를 잃었고, 마음은 뒤숭숭해졌다. 생각하는 거라곤 오직 '수정 계란을 들여다보아야 할 텐데' 하는 것뿐이었다. 처음 계곡의 풍경을 접하고 나서 몇 주가 지난 어느 날 두 명의 손님이 가게로 들어왔다는 것, 그리고 구입하겠다는 그들의 제의에 수정을 판매하지 않고 빼돌릴 방도를 찾느라 엄청난 스트레스와 마음의 동요를 일으켰다는 것은, 이미 얘기한 바와 같다.

이제 케이브 씨만이 가지게 된 그 은밀한 물건은 처음엔 단지 하나의 경이로움으로 남아 있었지만, 마치 어린아이가 몰래 들여다보게 된 금지된 화원처럼 점점 은밀하게 엿보지 않을 수 없는 무엇이 되어 있었다. 하지만 웨이스의 경우는 달랐다. 그는 명석한 두뇌를 가진 젊은 과학자인 데다, 매사에 앞뒤가 맞는지를 따지는 습관을 갖고 있었다. 케이브 씨가 들려준 수정에 얽힌 이야기는 웨이스 자신의 눈으로 인광까지 확인한 이상 충분히 만족스럽고 믿을 만한 것이었다. 하지만 그는 그 문제에 대해 체계적으로 접근할 생각이었다. 케이브 씨는 수정에 너무도 몰두한 나머지 그가 본 놀라운 세계에서 헤어나지 못하는 면이 있었다.

그는 매일 밤 여덟 시 삼십 분에 웨이스를 찾아와서는 열 시 삼십 분까지 수정을 들여다보았다. 어떤 때는 웨이스가 집에 없는 낮 시간에 찾아오기도 했고, 심지어 일요일 오후에도 불쑥 방문했다. 웨이스는 애초부터 여러 권의 관찰 노트를 만들어서 자신이 동원한 과학적 방법들을 일일이 기록해 두었다. 그는 빛이 수정으로 틈입해 들어오는 방향과 수정에 그림이 나타나는 것 사이의 관계를 입증하기 위해 상자 안에다 수정을 넣고 덮개를 씌운 뒤 광선이 수정으로 들어갈 수 있도록 작은 구멍을 뚫어 놓거나 담황색의 블라인드를 검정 삼베로 교체하는 등의 방법을 통해 관찰의 조건을 크게 개선해 보기도 했다. 그 결과 오래지 않아 그들이 원하는 어떤 방향에서도 계곡을 살펴볼 수 있게 되었다.

이 방법을 이용한다면 수정 안에 어떻게 '가시적 세계'가 나타날 수 있는지를 간략하게나마 설명할 수도 있을 것이다. 케이브 씨가 수정을 통해 움직이는 그림을 보고, 그 본 것을 아무런 의심 없이 그대로 설명한 데 반해, 웨이스 씨는 (세상에는 여러 가지 속임수들이 존재한다는 사실을 배운 과학자로서) 케이브 씨가 한 설명마다 짤막한 메모를 덧붙여 놓았다. 그는 수정에서 빛이 사라지면, 수정을 상자에다 넣고 적절한 곳에 위치시킨 다음 전등을 켜놓기도 했다. 웨이스는 늘 의문을 제기했고, 문제점들을 해소하기 위해 관찰할 것을 제안했다. 사실 그렇게 한다고 해서 보이지 않던 게 보인다거나 잘 보이던 게 보이지 않게 된다든가 하는 일은 일어나지 않았다.

케이브 씨는 전에 보던 것들에 비해 훨씬 더 사실적으로 보이게 된 새 모양의 생물들에게로 빠르게 경도되어 갔다. 얼마 있지 않아 그가 받았던 첫인상이 수정되었는데, 그들이 주간에 활동이 가능한 박쥐의 일종일지도 모른다고 그는 생각했다. 당시 그의 생각은, 정말이지 엉뚱하긴 하지만, 그들이 케루빔❖인 것 같다는 것이었다. 그들의 머리는 둥글고 기이하게도 사람의 얼굴을 하고 있었는데, 그의 두 번째 관찰에서 그를 그토록 놀라게 했던 눈이 바로 그들 중 어떤 하나의 것과 일치했다. 그들은 넓은 은색의 날개를 갖고 있었는데 깃털은 없었지만 물고기의 비늘만큼이나 화려하게 반짝거렸다. 그럴 때마다 색깔들이 같은 넓이로 엷게 퍼져 나갔다. 하지만 웨이스 씨가 본 바로는, 이들의 날개는 새나 박쥐의 날개와는 만들어진 방식부터 달랐는데, 그들의 날개는 몸에서부터 뻗어 나온 구부러진 늑골에 의해 지

❖ cherubim. 〈창세기〉 3장 24절에 등장하는, 하나님을 섬기며 옥좌를 떠받치는 천사.

탱되고 있었다(이와 가장 유사한 것으로 늑골이 구부러져 있는 나비 종류의 날개가 있다). 그들은 몸집은 작았지만 입 바로 아래에 긴 촉수처럼 생긴 두 개의 기관이 붙어 있었는데 뭔가를 잡기에 적합한 모양이었다.

처음 나타났을 때는 믿을 수가 없었지만, 마침내 웨이스도 사람이 만든 것과 비슷한 거대한 건물과, 너무도 화려하고 광대한 계곡을 정원으로 소유하고 있는 이 생물체들에 빠져들지 않을 수 없었다. 그리고 케이브 씨는 그 건물에 문은 따로 없지만 마음껏 활짝 열려 있는 거대한 둥근 창이 그들에겐 출구이자 입구라는 사실을 알아차렸다. 비행을 마친 그들은 촉수를 거두고 날개를 접자 거의 회초리처럼 조그마해졌는데, 그런 상태로 건물의 내부로 폴짝폴짝 뛰어 들어갔다. 거기에는 그들만이 아니라 거대한 잠자리와 나방, 그리고 그들보다는 훨씬 작았지만 풍뎅이처럼 생긴 날개를 가진 것들도 무리를 지어 날고 있었으며, 화려한 색상을 가진 엄청나게 큰 딱정벌레들이 푸른 초원을 가로지르며 여기저기 느릿느릿 기어 다니고 있었다. 게다가 강둑과 테라스 위에는 거대한 날개를 가지긴 했지만 날지는 못하는, 파리처럼 생긴 커다란 머리를 가진 생물이 촉수를 손이라도 되는 듯 비벼 대며 빠르게 폴짝거리며 뛰어다녔다.

건물의 테라스 위에 세워진 높다란 기둥에 붙어 있는 반짝거리는 물체에 대해서는 앞서 얘기한 바 있었다. 유난히 화창한 날 그 기둥들 중 하나를 유심히 살펴보고 난 케이브 씨는 기둥에 붙어 있는 반짝거리는 물체가 자신이 들여다보고 있는 수정과 너무도 닮았다는 생각이 들었다. 더욱 세심하게 살펴본 결과 그는 모두 스무 개쯤 되는 그 반짝거리는 물체들 속에 똑같은 풍경이 들어 있다고 확신했다.

어떤 경우에는 하늘을 날아다니던 커다란 생물들 중 하나가 거대한 기둥 주위에서 날개를 접고 촉수를 둘둘 말고는 잠시 동안 수정을 뚫어지게 바라보곤 했는데, 십오 분이나 그러고 있을 때도 있었다. 웨이스 씨가 언급한 바에 의하면, 서로가 서로를 관찰하고 있는 것으로 생각되며, 이 '가시적 세계'가 실제로 존재한다고 간주한다면, 그들이 '다른 세계'를 들여다보기 위해서는 당연히 수정은 테라스의 기둥 맨 꼭대기에 놓여 있어야 할 것이었다. 그렇다면 수정 속 세계에 사는 주민들 중 적어도 하나는 케이브 씨가 수정을 들여다보고 있는 동안 케이브 씨의 얼굴을 관찰하고 있음이 분명했다.

너무도 독특한 이 이야기에는 짚고 가야 할 사실들이 무척 많다. 이 모든 것을 웨이스 씨의 교묘한 조작으로 치부해 버리지 않는 한, 우리는 둘 중의 하나를 믿어야만 한다. 하나는, 케이브 씨의 수정이 두 세계에 똑같이 존재하고 있는데, 한 세계에 있는 것은 이동이 가능하고 다른 한 세계에 있는 것은 고정되어 있다는 것이다. 또 다른 한 가지 사실은, 서로 다른 두 개의 수정이 서로 다른 세계에 각각 하나씩 존재하는 것이 아니라 하나의 수정 안에 다른 하나의 수정이 들어 있어서 수정 밖에서는 수정 안의 세계를, 수정 안에서는 수정 밖의 세계를 지켜볼 수 있도록 되어 있다는 것이다. 사실 지금으로서는 두 개의 수정이 서로 공명할 수 있는 방법이 무엇인지 알 수가 없다. 하지만 오늘날 우리는 이 모든 게 불가능하지만은 않다는 것도 충분히 이해하고 있다. 두 개의 수정이 공명한다는 생각은 어디까지나 웨이스 씨의 추측이고, 적어도 내게는 그럴싸한 말재주로 보일 뿐이지만……

그렇다면 수정 속의 이방 세계는 대체 어디일까? 이 의문을 웨이스 씨의 명석한 두뇌는 재빨리 분석해 냈다. 수정 속에서 해가 진 뒤의 하늘은 빠르게 어두워졌고 ― 아주 짧은 여명이 있기는 했지만 ― 곧 별들이 반짝거렸다. 그것들은 우리가 보는 하늘의 별들과 다르지 않았으며, 별자리 역시 똑같았다. 케이브 씨는 곰자리, 플레이아데스, 황소자리, 그리고 시리우스를 확인했다. 그러고 보면 수정 속 이방의 세계는 태양계에 속해 있는 것이 확실해서, 기껏해야 지구로부터 몇 억 마일 정도밖에 떨어지지 않았을 터이다. 몇 가지 단서를 근거로 해서, 웨이스 씨는 이방 세계의 한밤중 하늘이 지구의 한겨울 밤하늘보다 더 푸르다는 사실을 알아냈다. 그리고 태양은 훨씬 더 작은 듯했다.

그리고 '더 작다는 것을 제외하고는 우리의 달과 비슷하지만 위치는 아주 다른' 조그만 위성이 두 개나 떠 있었다! 그중의 하나는 아주 빠르게 움직이는 게 관찰되었다. 이 두 개의 위성은 결코 하늘 높은 곳에 떠 있지 않았지만, 일단 떠오르면 그 빛은 희미해졌다. 이것은 자전을 할 때마다 월식이 일어났기 때문인데, 두 위성을 갖고 있는 행성이 너무 가까이 있어서 그런 현상이 일어난 것 같았다. 이렇게 내려진 답변들은, 비록 케이브 씨는 인식하지 못했지만, 화성이 갖고 있는 조건들과 완전히 일치했다.

사실 케이브 씨가 수정을 통해 화성을 보고 거기에 살고 있는 생명체들을 보았다는 것은 아주 그럴싸한 이야기였다. 그리고 그것이 사실이라면, 수정 속 저 멀리 보이는 하늘에 유난히 반짝이는 저녁 별은 우리들이 살고 있는 이 친숙한 별, 지구 이상도 이하도 아니었다.

한동안 화성인들은 — 만약 그들이 화성인이라면 — 케이브 씨가 관찰하고 있다는 사실을 알지 못하는 듯했다. 마치 영상이 만족스럽지 않다는 듯 한두 번 누군가가 들여다보러 왔다가 이내 다른 기둥으로 날아가 버렸다. 그러는 동안 케이브 씨는 그들이 주의를 기울인다는 사실에 그다지 방해를 받지 않고 날개 달린 화성인들의 행동을 지켜볼 수가 있었다. 그리고 비록 그의 보고가 필연적으로 모호하고 부분적임에도 불구하고, 시사하는 바가 적지 않았다. 길어 봐야 사오 분이면 닿을 수 있는 세인트 마틴 교회의 첨탑에서 런던 시내를 내려다보듯이 화성인을 관찰하는 사람이 있다는 사실을 한번 상상해 보라. 케이브 씨는 날개를 달고 하늘을 날아다니는 생명체와 강둑이나 테라스 주위로 폴짝거리며 뛰어다니는 생명체가 똑같이 화성인인가에 대해서는 확신할 수 없었다. 그리고 후자가 마음대로 날개를 붙였다 뗐다 할 수 있는지도 확신할 수 없었다.

그는 여러 차례 어딘지 모르게 유인원을 연상시키는, 서툴게 두 발로 걷는 생물을 보았었는데, 몸이 희고 부분적으로는 반투명했으며 이끼가 덮인 나무들 사이에서 먹을 것을 찾아 먹었다. 한번은 이들 중 몇이 폴짝폴짝 뛰어다니는 둥근 머리의 화성인들을 보자 도망을 치기도 했다. 그러자 둥근 머리의 화성인이 도망치는 것들 중 하나를 자신의 촉수를 이용해 잡았는데, 갑자기 영상이 흐려지면서 어둠에 묻혀 버리는 바람에 케이브 씨를 애타게 만들었다. 어떤 때는 어지간히 거대한 곤충이라고 생각되는 큰 물체가 수로 옆의 둑길을 따라 엄청난 속도로 전진하는 장면이 나타나기도 했다. 이것에 더 가까이 다가갔을 때 케이브 씨는 그것이 반짝이는 금속들과 아주 복잡한 구조를 가진 하나의 기계라는 생각이 들었다. 다시 바라보았을 때 그것은 이미 시야에서 사라진 뒤였다.

그 일이 있은 후, 웨이스는 화성인들의 관심을 끌어 보면 어떨까 하는 생각을 갖게 되었는데, 한 화성인의 이상한 눈길이 수정에 가까이 나타나자 케이브 씨가 고함을 지르며 뛰어올랐다. 그 순간 화성인들은 즉시 불을 밝히더니 신호를 보내는 몸짓을 하기 시작했다. 하지만 케이브 씨가 수정을 다시 들여다보았을 때, 화성인들은 이미 사라지고 없었다.

이런 관찰들은 11월 초까지 계속 진전되었다. 그 무렵 수정에 대한 케이브 씨 가족의 의심이 줄어들었다는 걸 느낀 케이브 씨는 수정을 가지고 이리저리 옮겨 다니기 시작했다. 낮이든 밤이든 기회가 되면 언제든 편안히 들여다보기 위해서였다. 그것은 이제 그의 삶에서 가장 확실한 현실이 되었다.

12월이 되자, 시험이 코앞에 닥치는 바람에 부담이 커진 웨이스 씨는 케이브 씨와의 자리를 일주일이나, 어떤 때는 십 여 일이나 — 정확하지는 않지만 — 마지못해 미루어야만 했는데, 당연히 그동안 케이브 씨를 볼 수가 없었다. 그러던 어느 날 조사가 지연된다는 걱정에다 실적 감소로 인한 스트레스가 겹친 그는 결국 세븐 다이얼스로 향했다. 길모퉁이를 돌았을 때 그는 새를 파는 집의 문이 닫힌 걸 발견했다. 구두 수선집도, 그리고 케이브 씨의 가게도 문이 굳게 닫혀 있었다.

그가 요란하게 문을 두드리자 어둠 속에서 케이브 씨의 의붓아들이 나타나 문을 열어 주었다. 그는 곧바로, 마주하고 싶지는 않았지만 케이브 부인을 찾았다. 그녀가 입고 있는 상복이 그의 눈길을 잡아끌었다. 케이브 씨가 죽어서 이미 땅에 묻혔다는 얘기를 들었을 때, 웨이스는 별달리 놀라지 않았다. 그녀는 눈물을 흘렸다. 그녀의 목소리는 제대로 알아들을 수가 없을 정도로 탁했다. 그녀는 막 하이게이트＊에서 돌아온 듯했다. 그녀의 가슴은 자신의 앞날에 대한 생각과 장례식 때의 고결한 예식들이 뒤엉켜 있는 것 같았다.

웨이스는 케이브 씨의 죽음에 뭔가 특별한 점이 있다는 걸 직감적으로 알 수 있었다. 케이브 씨는 이른 아침 가게 안에서 죽은 채로 발견되었다. 웨이스를 마지막으로 방문한 그 이튿날이었다. 그의 돌처럼 차가운 손아귀에는 수정이 꽉 움켜쥐어져 있었다. 그는 미소를 지은 채로 죽어 있었다고, 케이브 부인은 말했다. 그리고 마룻바닥 위 그의 발치에는 광석을 쌌던 벨벳이 놓여 있었다고 했다.

케이브 씨의 죽음은 웨이스에게 엄청난 충격을 안겨다 주었다. 그는 병약한 노인에게 나타날 수 있는 평범한 징후를 소홀히 생각했음을 자책하기 시작했다. 하지만 그의 주된 생각은 수정에 있었다. 그는 조심스럽게 그 문제에 접근했다. 케이브 부인의 고약함을 잘 알고 있기 때문이었다. 하지만 수정이 팔렸다는 사실을 알고 그는 아연해지고 말았다.

그날 케이브 씨의 사체를 위층으로 끌고 간 케이브 부인이 맨

❖ 런던 북부의 유명한 공동묘지가 있는 지역.

처음 한 것은, 수정을 갖고 싶어 했던 성직자에게 수정에 대한 수리가 완료되었다는 소식과 함께 수정을 5파운드에 넘기겠다는 편지를 쓴 것이었다. 하지만 그녀의 딸이 그녀와 공모해 여기저기를 마구 헤집어 놓았던 날 성직자의 주소를 잃어버렸다는 사실을, 그들은 뒤늦게야 알게 되었다. 그들은 그럴 마음이 없었지만 케이브 씨의 죽음을 애도하며 어느 늙은 세븐 다이얼스 주민의 요구에 따라 엄숙하게 장례를 치른 뒤, 그레이트 포틀랜드가에 사는 절친한 동종업자에게 도움을 요청했다. 그는 아주 친절하게 정당한 가격을 쳐주고 재고품들을 인수했다. 그 가격은 어디까지나 그 사람의 판단에 의한 것이었을 뿐, 수정 계란을 다른 물건들과 따로 계산해 주지는 않았다.

정중하게 조문을 마친 웨이스 씨는 미리 준비해 가진 않았지만 얼마간의 조의금을 내놓은 뒤에 서둘러 그레이트 포틀랜드가로 갔다. 하지만 그는 수정이 이미 키가 크고 얼굴이 검은 은발의 신사에게 팔렸다는 사실을 알게 되었다. 그리고 거기서, 적어도 내게는 시사하는 바가 적지 않은 이 괴상한 이야기가 갑자기 끝나 버렸다. 그레이트 포틀랜드 가의 상인은 키가 크고 얼굴이 검은 은발의 신사가 누구인지 알지 못하며, 그 사람에게는 전혀 주의를 기울이지 못했기 때문에 인상착의를 조금도 설명할 수가 없다는 것이었다. 심지어 손님이 가게를 나가서 어느 방향으로 갔는지조차 알지 못했다. 한동안 웨이스 씨는 가게 주인에게 아무 희망도 없는 질문들을 분노가 잔뜩 실린 목소리로 끈질기게 던지며 가게 안에 서 있었다. 그러다 마침내 모든 것이 그의 손에서 떠나 버렸다는 생각이 불쑥 떠올랐다. 한밤의 깜깜한 어둠 속을 걸어 자신의 집으로 돌아온 그는 어수선한 탁자 위에서 여전히 만져 볼 수 있고 눈으로 확인할 수도 있는 노트를 발견하고 깜짝 놀랐다.

당연한 일이었지만 그가 느끼는 곤혹스러움과 실망감은 이루 헤아릴 수 없었다. 뒤에 그레이트 포틀랜드 가의 상인을 또다시 방문한 그는(첫 번째와 마찬가지로 부질없는 일이었지만), 수정이 골동품 수집가의 손에 넘어갔을지도 모른다며 그 방면의 잡지들에 광고를 실을 수 있도록 도움을 청했다. 또한 자세한 내용을 적어 〈데일리 크로니클〉 지와 《네이처》 지에도 편지를 보냈는데, 둘 모두 조작을 의심하면서 보도에 앞서 그에게 재고할 것을 요구했다. 그리고 불행하게도 자신의 얘기를 뒷받침할 만한 아무런 증거도 가지고 있지 않은 상태에서 이런 이상한 이야기는 대학 실험조사원으로서의 그의 명예에 손상을 입히게 될 거라는 충고를 받아야만 했다. 더구나 직장에서 시급하게 처리해야 할 일들도 산적해 있었다.

그렇게 한 달여의 시간이 흐른 후, 그는 한 차례 판매상들에게 별 소용에 닿을 것 같지도 않은 독촉장을 띄운 걸 제외하면, 수정 계란에 대한 탐색을 싫지만 포기해야만 했다. 수정 계란의 행방이 묘연해진 채로 그렇게 시간이 흘러갔다. 지금도 가끔씩 그는 열망이 폭발한다면서 아주 위급한 일마저 접어 두고 수정을 다시 찾아 나설 거라고 말하곤 하는데, 나는 그의 말을 꽤 신뢰하는 편이다.

어쨌거나 수정의 행방은 오리무중이다. 그것이 어떤 것으로 만들어졌으며, 그 출처는 어디인지, 지금으로선 그저 추측만 할 수 있을 뿐이다. 만약 수정을 구입했던 사람이 수집가라면, 웨이스 씨가 그 물건을 찾고 있다는 사실을 어떻게든 상인들을 통해 알게 될 것이다. 우여곡절 끝에 웨이스는 케이브 씨의 가게를 찾아왔던 성직자와 '동양인'을 ― 그 두 사람은 다름 아닌 레브런드 제임스 파커와 자바 왕국의 보소쿠니 왕자였다 ― 찾을 수 있었다. 나는 그들에게 특별히 감사를 드린다. 왕자가 수정에 관심을 보였던 것은 단순한 호기심과 일종의 사치였을 뿐이었다. 그는 케이브 씨가 파는 걸 너무 싫어한다는 게 이상해서 그렇게 열렬히 사려고 했다는 거였다.

아마도 수정 계란을 구입해 간 사람은 전문 수집가가 아니라 단지 우연히 그것을 사갔을 뿐이며, 그것이 가지고 있는 기능이 얼마나 대단한지 전혀 모른 채 그저 응접실의 장식품으로 진열되어 있거나 글씨를 쓸 때 종이를 누르는 용도로 쓰이고 있을지도 모른다. 지금 이 순간, 나는 그것이 나와 그리 멀지 않은 곳에 있을 것 같은 기분이 든다. 사실 내가 이 이야기를 쓰면서 일정

부분 염두에 둔 것은, 보통의 소설 독자들이 이걸 읽고 나와 생각을 공유하게 될 거라는 것이었다.

　이 이야기에 대한 내 생각은 사실 웨이스 씨의 생각과 일치한다. 나는 화성의 높다란 기둥 위에 놓여 있는 수정과 케이브 씨의 수정이 동일한 물리적 파장 안에 놓여 있을 거라고 믿는다. 다만 지금으로선 그것을 적절히 설명할 수가 없을 뿐이다. 그리고 우리 두 사람은 화성인들이 우리를 더 가까이에서 관찰하기 위해 수정 계란을 그쪽 행성에서 이곳으로 보냈음에 틀림없다고 믿고 있다. 다른 기둥들 위에 있는 수정들 역시 우리 지구에 있는 수정들을 통해 지켜보고 있을 가능성도 있다. 어떤 환상도 현실을 충족시킬 수는 없는 법이다.

마술 가게

The Magic Shop

멀리서는 여러 번 '마술 가게'를 본 적이 있었다. 한두 번은 그곳을 스쳐 지나가기도 했는데, 쇼윈도에 진열된 조그만 물건들이 눈길을 잡아끌었던 기억이 난다. 마술에 쓰이는 공과 새, 원뿔 모양의 진기한 물건들, 복화술에 쓰는 인형, 바구니 마술을 할 때 쓰는 도구들, 보기엔 평범한 트럼프 카드를 비롯한 온갖 종류의 마술 기구들이 거기에 있었다. 하지만 어느 날 우연히, 거의 아무 예고도 없이 불쑥 들어갈 때까지는 그곳으로 직접 들어가 봐야겠다는 생각은 한 번도 해본 적이 없었다.

그날 깁은 그것 외엔 다른 어떤 것도 생각할 수 없다는 태도로 내 손가락을 잡아끌어 곧장 창가로 갔다. 사실 나는 그런 곳에 마술 가게가 있으리라고는 생각지도 못했었다. 그림 파는 가게와 막 부화기에서 뛰쳐나온 병아리들을 파는 곳 사이에 정면을 바라보고 있는 아담한 크기의 그 가게가 있는 곳은 리젠트 가였다. 내 생각에 그런 가게는 옥스퍼드 광장 주변 아니면 옥스퍼드 가나 호번❖ 거리의 후미진 길모퉁이 같은 곳에나 있으리라고 여겼던 것이다. 길 건너 인적이 좀 드문 곳이라야 환상을 좇아 들어가기에 제격이지 않을까 싶었지만, 막상 보니 거기에 있을 만한 이유가 있었다. 뾱뾱거리는 소리를 내며 창유리 위에 붙어 있는 깁의 통통한 손가락 끝이 그걸 말해 주고 있었다.

"제가 부자라면 저걸 샀을 거예요."

'사라지는 계란'을 손가락으로 유리창을 톡톡 쳐 가리키며 깁이 말했다.

"저기 있는 것도……."

깁이 가리킨 건 '우는 아이'와 '사람 모형'이었다.

"저기 저것도."

그것은 하나의 신비였다. 물론 그렇게 불리기도 했지만. 물건 주변에 붙어 있는 안내 카드에는 다음과 같은 간결한 문구가 주장하듯 적혀 있었다. '구입만 하시면, 친구들을 놀라게 할 수 있습니다!'

....

❖ 런던 동서로의 주요 도로를 이르는 것으로, 런던 중심부에 해당한다.

"저 원뿔들 밑으로 들어가면 무엇이든 사라져 버려요"

깁이 말했다.

"책에서 읽었어요. 그리고 아빠, 여기 '사라지는 동전'도 있어요. 이렇게 올려놓으면요, 어떻게 사라져 버리는지 볼 수가 없다고요."

하지만 평소 제 엄마로부터 가정교육을 엄격하게 받은 이 점잖은 소년은 가게로 들어가자고 안달을 부리진 않았다. 그저 넋을 놓은 채로 내 손가락을 문이 있는 쪽으로 잡아끌 뿐이었다. 그것이 제 관심을 명백히 드러내는 깁만의 방법이었다.

"저것 봐요."

깁이 '마법 술병'을 가리켰다.

"네가 저걸 갖고 있다면 뭘 하겠니?"

내가 물었다. 마치 제대로 대답을 하면 사주기라도 할 것 같다는 듯 나를 올려다보는 깁의 눈에 광채가 어렸다.

"제시한테 보여 줄 수 있을 거예요."

전에 없이 골똘히 생각한 뒤에 던진 깁의 대답이었다.

"네 생일이 되려면 채 백 일도 남지 않았구나, 기블스."

나는 출입문 손잡이에 손을 얹으며 말했다.

깁은 아무 말 없이 내 손가락을 단단히 거머쥐었다. 결국 우리는 가게 안으로 들어갈 수밖에 없었다.

그곳은 보통의 가게가 아니었다. 마술 가게였다. 원하는 건 단지 장난감뿐이라는 듯 깁은 깡충거리며 뛰었다. 내 의사를 묻는 따위의 부담은 일찌감치 내려놓은 것 같았다.

가게는 규모도 작고 통로도 좁았는데 조명조차 잘 되어 있지 않았다. 가게 안으로 들어선 다음 문을 닫자 출입문에 붙은 종이 구슬픈 소리를 내며 또다시 울렸다. 잠깐 동안 우리는 문을 등지고 우두커니 선 채로 주변을 둘러보았다. 계산대로 보이는 유리가 깔린 나지막한 상자 위에 혼응지*로 만든 호랑이가 하나 놓여 있었는데, 위엄은 있었지만 눈매가 선하고 머리를 규칙적으로 까닥까닥 움직였다. 둥근 공 모양의 수정 여러 개와 한 벌의 중국식 마술 카드, 다양한 크기의 어항들, 그리고 볼품없는 마술 모자 하나도 버젓이 진열되어 있었다. 마룻바닥에는 마술 거울들이 세워져 있었는데, 어떤 것은 길게 잡아 늘여서 홀쭉하게 보이게 하고, 어떤 것은 얼굴을 커다랗게 부풀리고 다리는 짤막하게 보이도록 했으며, 어떤 것은 체스 말처럼 키가 작고 뚱뚱하게 만들었다. 거울 앞에서 깔깔거리며 서 있는데 가게 주인인 듯한 남자가 들어왔다.

그는 계산대 뒤편에 서 있었다. 처음부터 거기 있는 걸 우리가 미처 발견하지 못했을지도 모른다는 생각이 들었다. 남자는 생김새가 이상하고 얼굴색이 누렇게 떴으며 표정이 어두웠다.

❖ 混凝紙. 펄프에 아교를 섞어 만든 종이로, 습기에 무르고 마르면 아주 단단해진다.

그리고 한쪽 귀가 다른 쪽 귀보다 더 큰 데다 뺨이 구두의 콧등처럼 볼록 튀어나와 있었다.

"무엇으로 손님들을 즐겁게 해드릴까요?"

마술사다운 긴 손가락을 유리 상자 위에 올려놓고는 활짝 펴 보이면서 사내가 물었다. 우리는 놀란 눈으로 그를 바라보았다.

"제가 원하는 건……."

내가 입을 열었다.

"아이가 할 수 있는 간단한 마술 몇 가지면 좋을 듯싶네요."

"손으로 하는 요술을 원하시나요?"

그가 물었다.

"아니면 도구를 사용하는 마술? 집에서 할 수 있는 마술을 원하시나요?"

"뭐든 좀 보여 주실 수 있나요?"

내가 물었다.

"음……."

가게 주인은 골똘히 생각하듯 한동안 머리를 긁적이고 있다가, 아주 단호하게 자신의 머리 위에서 유리공을 하나 뽑아냈다.

"이런 식이면 될까요?"

유리공을 내밀며 사내가 물었다.

예상하지 못한 동작이었다. 예전엔 마술사의 트릭을 지칠 줄 모르고 보았다. 흔히 볼 수 있는 속임수들이었다. 하지만 그런 걸 이런 곳에서 보게 될 거라고는 생각도 못했다.

"훌륭합니다."

나는 웃음을 터뜨리며 말했다.

"그래요?"

가게 주인이 말했다.

깁이 내 손가락을 잡고 있는 반대편 손을 뻗어 가게 주인이 내민 유리공을 잡았다. 하지만 깁의 손에는 아무것도 없었다.

"주머니를 보렴."

사내가 말한 대로 유리공은 깁의 주머니에 들어 있었다.

"얼맙니까?"

내가 물었다.

"유리공은 그냥 드릴게요."

사내가 친절하게 말했다.

"우리도 이걸 공짜로 갖고 왔으니까요."

그렇게 말하면서 그는 팔꿈치에서 유리공 하나를 더 꺼냈다. 그는 목 뒤에서 또 하나를 꺼내 원래 계산대 위에 올려놓았던 것 옆에다 내려놓았다. 깁은 제 손에 들린 유리공을 주의 깊게 살펴보다가 계산대 위에 놓인 두 개의 공으로 호기심 가득한 눈길을 돌렸다. 그러고는 눈을 동그랗게 뜨고 미소를 짓고 있는 사내를 올려다보았다.

"이것 두 개도 갖고 싶은 게로구나."

사내가 말했다.

"그렇다면 겁먹지 말고 아저씨 입에서 공을 꺼내 보거라. 어서!"

깁은 어떻게 했으면 좋겠냐고 묻는 듯 아무 말 없이 나를 올려다보았다. 그러는 사이에 깊은 침묵 속으로 네 개의 유리공이 사라졌고, 깁은 용기를 내보려는 듯 다시 내 손가락을 부여잡고는 다음 순간에 벌어질 일을 숨죽여 기다리고 있었다.

"이런 건 저희에겐 아주 간단한 것이지요."

사내가 또박또박 말했다.

나는 웃음을 터뜨리며 농담을 건넸다.

"도매상으로 갈 걸 그랬습니다. 거긴 더 쌀 테니까요."

"맞는 말씀이긴 합니다."

사내가 입을 열었다.

"결국 수지가 맞는 건 저희들이죠. 사람들이 생각하는 것만큼 큰돈을 버는 건 아니지만…… 저희들의 재주, 일용할 양식, 원하는 모든 것들을 저희는 저 모자로부터 얻지요. 그리고 선생께는 실례의 말씀인지 모르겠지만, 실은 마술의 세계에선 도매상이란 데는 없답니다. 그런 곳에선 진짜 마술을 사실 수 없다는 말이죠. 아마도 선생께선 저희 집 간판을 제대로 보시지 못한 것 같네요. 진짜 마술 가게."

그는 자신의 턱에서 명함을 한 장 뽑아내더니 내게 내밀었다.

"진짜 마술."

그가 말했다. 그러고는 손가락을 까닥거리며 덧붙였다.

"속임수란 절대로 없다는 뜻이지요, 선생."

내가 생각하기에 그는 꽤나 농담을 즐기는 사람인 듯했다.

그는 미소를 머금은 친근한 얼굴로 집을 보았다.

"넌, 자제심이 아주 강한 아이로구나."

나는 그의 안목에 놀랐다. 집의 엄마와 나는 가정에서조차 흐트러지지 않도록 아이를 가르쳐 왔기 때문이었다. 집은 가게 주인의 말을 묵묵히 받아들이고는 자신감에 찬 눈으로 그를 바라보았다.

"그래, 저 문으로 들어온 아이들 중에 자제심을 가진 아이는 오직 너 하나뿐일 거야."

그때 마치 그의 말을 증명이라도 하듯 문이 달그락거리는가 싶더니 쬑쬑거리는 어린애의 목소리가 조그맣게 들려왔다.

"으앙! 저기로 갈 거야. 아빠, 저기로 가고 싶다고. 으아앙!"

뒤이어 어지간히 시달린 뒤에야 나오는 억양으로 그 애 부모의 목소리가 아이를 어르고 달랬다.

"문이 잠겼어, 에드워드."

"그렇지 않을걸."

내가 농담을 던졌다.

"그렇지요?"

가게 주인이 맞받았다.

"늘 저런 애들이 여기로 들어오죠."

우리는 창가에 서 있는 다른 아이에게로 시선을 돌렸다. 지나치게 달고 맛있는 음식에 질려 버린 조그맣고 창백한 얼굴을 가진, 사악한 열정으로 뒤틀리고 무례하기 짝이 없는 꼬마 이기주의자 하나가 창유리를 발로 툭툭 차고 있었다.

"소용없을 겁니다, 선생."

그냥 보고만 있을 수가 없어 내가 문 쪽으로 걸음을 떼자 사내가 말했다. 곧이어 응석받이 꼬마 녀석의 울부짖는 소리가 들려왔다.

"저런 아이들은 어떻게 다루십니까?"

편안하게 숨을 내쉬면서 내가 물었다.

"당연히 마술이죠!"

그렇게 말하면서 사내는 손을 장난스럽게 흔들었다. 그러자 눈 깜짝할 사이에 그의 손가락에서 형형색색의 불꽃이 일더니 가게 안의 어둠 속으로 사라져 버렸다.

"가게로 들어오기 전에 네가 말했었지?"

사내가 집에게 말을 걸었다.

"'구입만 하시면, 친구들을 놀라게 할 수 있습니다!' 라는 카드가 붙어 있는 상자들 중 하나를 네가 좋아한다고 말이야."

"예, 그랬어요."

집이 씩씩하게 대답했다.

"네 주머니를 보렴."

계산대에 몸을 기댄 채로 이 놀라운 사람은 — 그의 상체는 정말이지 기다랬다 — 보통의 마술사가 하듯 물건을 만들어 냈다.

"종이."

스프링이 달린 빈 모자에서 종이를 꺼내며 그가 말했다.

"실."

이번엔 그의 입에서 실이 들어 있는 작은 상자가 나타났다. 그는 거기서 끝도 없이 실을 뽑아냈다. 그러다가 이로 실을 끊어 낸 뒤 실을 공처럼 뭉치더니 꿀꺽 삼켜 버렸다. 내 눈에는 분명히 삼킨 것으로 보였다. 이번엔 복화술에 사용하는 인형의 코에다 초를 올려놓고 불을 붙이더니 촛불에다가 자신의 손가락 하나를 집어넣자 (편지를 봉할 때 쓰는 붉은 밀랍이 되어 버렸고) 실 꾸러미가 봉해졌다.

"그래, 사라지는 계란도 봤었지."

사내는 그렇게 말하고는 내 외투의 가슴 쪽에서 뭔가를 만들어 내더니 손으로 감쌌다. 그런 식으로 '우는 아이'와 '사람 모형'도 만들어 냈다. 나는 그것들을 마치 미리 준비라도 해두었다는 듯 집에게 건네주었다. 아이는 그것들을 가슴 앞으로 끌어가서는 꽉 움켜쥐었다.

사내는 거의 말을 하지 않았지만, 그의 눈은 많은 말들을 쏟아 냈다. 팔짱을 낀 모습도 수많은 말들을 쏟아 놓았다. 그는 형언하기 힘든 감정들이 뛰노는 운동장이었다. 이것이야말로 살아 있는 마술 그 자체였다. 그때 내 모자 안에서 뭔가 꿈틀거리고 있다는 걸 발견하고 나는 놀라 펄쩍 뛰었다. 그것은 부드러웠고, 통통 튀고 있었다. 내가 모자를 재빨리 벗기자 주름이 많은 비둘기 한 마리가 푸드덕거리며 계산대 위로 날아가더니 혼응지로 만들어진 호랑이 뒤편의 마분지 상자 안으로 들어가 버렸다. 영락없이 마술사의 조수가 되어 버린 나는 눈을 휘둥그레 뜬 채로 그 광경을 지켜볼 수밖에 없었다.

"쯧쯧!"

가게 주인이 혀를 차며 헝클어진 내 머리를 솜씨 좋게 바로잡아 주었다.

"버릇없는 비둘기 녀석…… 아무래도 새장에다 가둬야겠죠?"

그는 내 모자를 흔들어 대더니 손을 쭉 뻗치고는 그 안에서 두어 개의 계란과 커다란 구슬 하나, 손목시계와 대여섯 개의 유리공, 그리고 쭈글쭈글 주름이 잡힌 종이 따위를 끝도 없이 끄집어냈다. 머리칼 속에 숨겨 두었다가 이름을 대고 빗질을 하기만 하면 그대로 쏟아져 나오는 것 같았다. 그의 말투는 무척이나 공손했다. 물론 누구에게나 그렇게 하는지는 알 수 없었지만.

"모든 종류의 물건들이 있지요, 선생…… 아, 물론, 그리 특별한 것들은 아닙니다만…… 거의 대부분의 고객들은…… 뭘 가지고 가시든 놀라움에 빠지게 되죠……"

그가 쭈글쭈글한 종이를 계산대 위에다 올려놓고는 파도를 일으키듯 흔들어 대자 종이 뭉치의 숫자가 점점 더 불어나기 시작했는데, 얼마나 많아졌는지 거의 그의 모습이 보이지 않을 정도가 되어 버렸다. 우리 모두의 모습이 감추어져 버릴 정도가 될 때까지 그는 계속 주절거렸다.

"한 사람의 진짜 모습이 감추어져 버릴 수 있다는 걸 우리들 중 그 누구도 알지 못해요. 그럴 때 우리 모두는 그저 자잘한 털로 덮인 외모를 가진 존재일 뿐이죠. 회칠한 무덤으로 기어 들어가는……"

갑자기 거기서 그의 목소리가 뚝 끊어졌다. 그건 마치 요란하게 돌아가던 옆집의 축음기가 제대로 겨냥된 벽돌에 맞아 박살이 났을 때 일어나는 갑작스러운 고요와 꼭 같았다. 종이의 바스락거리는 소리도 멈추었고, 모든 것이 숨을 죽였다.

"제 모자에라도 들어간 건가요?"

약간의 틈을 두고 내가 말했다.

아무 대답도 들려오지 않았다.

나는 깁을 뚫어지게 바라보았고, 깁도 나를 뚫어지게 쳐다보았다. 바닥에 세워진 마술 거울들만이 기묘하고 엄숙하고 침묵에 싸인 우리의 모습을 비추고 있을 뿐이었다.

"저희는 이제 가야 할 것 같습니다."

내가 입을 열었다.

"모두 얼마인지 말씀해 주시겠습니까?"

더 큰 소리로 말했다.

"계산서를 주시겠습니까? 제 모자도. 부탁드립니다."

종이 뭉치 뒤편에서 코웃음이 들려온 것 같았다.

"계산대 뒤를 한번 살펴봐야겠지, 깁?"

내가 말했다.

"아무래도 가게 주인이 우릴 재밌게 해주려는 것 같아."

나는 머리를 까닥거리고 있는 호랑이 뒤로 깁을 데리고 갔다. 계산대 뒤편일 게 분명했다. 당연한 일이었다. 하지만 바닥에는 내 모자만 덩그러니 놓여 있을 뿐이었다. 그리고 거기엔 보통의 마술사들이 갖고 다니는 귀가 축 늘어진 흰 토끼 한 마리가 깊이 생각에 잠겨 있었다. 그것은 마술사의 토끼만이 가질 수 있는 명청하고 쭈글쭈글한 생김새를 하고 있었다. 나는 모자를 고쳐 썼고, 토끼는 느릿느릿 움직여 내게서 조금 벗어났다.

"아빠……!"

깁이 죄라도 지은 듯 작은 소리로 속삭였다.

"왜 그래, 깁?"

내가 물었다.

"이 가게가 정말 좋아요, 아빠."

"나도 그렇긴 하지."

나는 혼잣말로 중얼거렸다.

"이 계산대가 갑자기 문을 막아 버릴 만큼 커지지만 않는다면."

나는 그런 식으로 말해서 깁의 주의를 환기시키지는 않았다.

"고양이예요!"

토끼에게로 손을 뻗고 있던 깁이 우리들 앞으로 느릿느릿 나타난 고양이를 보고 소리쳤다.

"정말 고양이네, 우리 깁이 마술을 부렸구나!"

좀 전까지 전혀 신경을 쓰지 못하고 있던 사이에 문을 비집고 들어왔을지도 모른다는 생각이 든 듯 아이의 눈은 문 쪽으로 향했다. 그때였다. 문이 활짝 열리면서 한쪽 귀가 다른 쪽 귀보다 더 큰 사내가 다시 모습을 드러냈다. 여전히 웃고 있는 그의 눈이 흥미와 냉담 사이에 놓여 있던 내 눈과 마주쳤다.

"진열실을 보고 싶은 거군요, 선생."

무척 정중하게 그가 말했다. 깁이 내 손가락을 앞으로 잡아끌었다. 계산대 쪽으로 시선을 돌렸을 때 다시금 사내의 눈과 마주쳤다. 나는 아무런 편견 없이 마술에 대해 다시 생각하기 시작했다.

"우리가 가진 시간이 그다지 많지 않아서 말이죠."

말은 그렇게 했지만 나는 가게를 나가기 전에 어떻게든 진열실 안으로 들어가고 싶었다.

"모든 물건이 다 중요합니다."

유연하게 두 손을 마주 비비며 그가 말했다.

"최고죠. 이곳에서 진짜 마술이 아닌 건 하나도 없어요. 이상하게 들리실 테지만. 실례 좀 할까요, 선생!"

그가 내 외투 소매에 매달려 있던 뭔가를 잡아당겼다는 느낌이 들었는데, 그때 나는 그의 손이 조그마한, 꼬리를 꿈틀거리는 붉은 악마를 잡고 있는 걸 보았다. 그 조그만 생물은 마술 가게 주인의 손을 물어뜯으며 도망가려고 몸부림을 치고 있었다. 그 순간 그는 그 작은 생물을 아무렇게나 계산대 뒤로 던져 버렸다. 나는 그게 단지 고무 같은 걸로 만들어진 것에 불과하다는 사실을 의심하지 않았다. 그의 태도 역시 분명히 조그마한 벌레를 다루는 사람의 그것에 틀림없었다. 하지만 너무도 순식간에 벌어진 일이라 장담할 수는 없었다. 내가 깁을 내려다보았을 때, 마침 깁은 '흔들 목마'를 보고 있었다. 깁이 그 장면을 보지 않은 건 다행이었다.

"제 말은……."

나는 깁의 눈치를 살피며 방금 내 눈으로 보았던 붉은 악마에 대해 은근한 목소리로 물었다.

"저런 걸 많이 갖고 계신가요?"

"전혀! 아마도 선생께서 데리고 온 것 같네요."

사내 역시 낮은 목소리로 말했다. 그의 얼굴에는 전보다 훨씬 매혹적인 미소가 어려 있었다.

"사람들은 자신이 무얼 갖고 들어왔는지 아무도 몰라요. 그래 놓곤 그걸 보고 놀라는 거죠!"

사내는 그렇게 말하고는 깁에게 물었다.

"여기서 본 것 중에 널 환상에 빠뜨린 게 있었니?"

깁을 환상에 빠뜨린 건 헤아릴 수 없이 많았을 것이다.

아이는 신뢰와 존경이 뒤섞인 표정으로 이 놀라운 장사꾼을 돌아보며 물었다.

"저게 마술 검인가요?"

"그래, 마술 장난감 칼이란다. 구부러지지도 않고, 깨지지도 않고, 손가락을 베지도 않지. 저 칼만 가지고 있으면 열여덟 살 이하의 누구를 상대해도 절대 지는 일이 없어. 값은 크기에 따라 7반 크라운half-crown❖ 6펜스란다. 그리고 이 카드들은 어린 무술 수행자를 위한 것인데 아주 유용하지. 몸을 보호해 주는 방패와 재빠르게 움직이도록 해주는 샌들, 그리고 눈에 보이지 않게 하는 헬멧."

"와, 아빠!"

....

❖ 영국 구舊 화폐 단위에서 '반 크라운' 경화는 2실링 6펜스의 백동화를 말한다.

깁이 숨을 헐떡였다.

내가 가격표를 찾으려 했지만 사내는 내가 보지 못하도록 감춰 버렸다. 어느새 깁은 그의 차지가 되어 있었다. 사내는 내 손가락에서 깁을 떼어 내고는, 엄청나게 쌓여 있는 물건 더미 위에다 올려놓았다. 아무것도 그를 멈추게 할 수 없었다. 늘 내 손가락을 부여잡고 있던 깁이 다른 사람의 손가락을 잡고 있다는 데서 생긴 질투 비슷한 것을 느끼며 나는 불신의 눈길로 가게 주인을 바라보았다. 사내가 재밌는 사람이라는 건 의심할 바 없었다. 엄청난 양의 속임수, 정말이지 속임수에 지나지 않는 것들로 무장한……

나는 거의 아무 말도 하지 않고 둘의 뒤를 따라 발길을 옮겼다. 하지만 눈길만은 결코 요술쟁이로부터 떼지 않았다. 결국 깁은 빠져들고 말았다. 집으로 가야 할 시간이 되어도 제시간에 갈 수 없을 거라는 건 자명한 일이었다.

작은 탁자들과 칸막이, 기둥 같은 것들로 나누어진 길고 어수선한 진열실과 전시실은 통로 위의 아치로 다른 구역과 구분되어 있었는데, 형상을 일그러뜨리는 거울과 커튼으로 장식된 그곳에는 끔찍하도록 괴상하게 생긴 점원들이 빈둥거리며 돌아다니고 있었다. 사실 너무도 혼란스러워서 나는 우리가 들어왔던 문을 곧바로 찾을 수가 없었다.

사내는 깁에게 증기를 뿜지도 않고 시계태엽 장치도 없이 달리고 있는 '마술 기차'를 보여 주었다. 그런 다음에 보여 준 것은 눈꺼풀을 추어올리면 곧바로 살아나고 말까지 하는, 정말, 정말이지 비싼 병정 상자였다. 둔한 귀를 가진 내겐 그 병정의 말소리가 그저 혀 꼬인 소리로 들릴 뿐이었지만, 제 엄마의 예민한 귀를 타고난 깁은 병정이 하는 말을 곧바로 알아들었다.

"브라보!"

마술 가게 주인은 등 뒤에다 감추고 있던 상자를 허물없이 깁에게 건네주면서 말했다.

"자, 이제 네가 해보거라."

사내의 말이 떨어지자 깁은 순식간에 눈꺼풀을 들어 올려 병정들 모두를 살려 놓았다.

"이 상자를 가지고 싶니?"

사내가 물었다.

"그걸 사겠소."

내가 말했다.

"당신이 너무 비싼 값을 부르지만 않는다면 말이오. 그렇게 되면 신용대출이라도 받아야······"

"난 그렇게 하지 않아요, 절대로!"

사내는 조그만 병정들을 쓸어서 뉘이고는 모두 눈을 감겨 버렸다. 그러고는 상자를 공중에서 휘돌리자 갈색 종이로 포장이 되어 버렸다. 그런데, 맙소사, 그 종이 위에 깁의 풀 네임과 주소가 적혀 있는 것이 아닌가!

놀란 내 모습을 보고 사내가 히죽 웃었다.

"이게 바로 진짜 마술이란 겁니다."

그가 말했다.

"현실이기도 하고요."

"너무 진짜 같아서 제 취향에는 좀……."

내가 말했다.

그런 뒤에도 그는 계속 깁에게 더욱 진기한 마술들을 보여 주기 시작했다. 그러고 나서는 마술이 어떻게 이루어졌는지를 가르쳐 주었는데 그게 더 진기했다. 그런데 사내가 설명을 하면서 안쪽 면을 밖으로 까뒤집었을 때 이상한 일이 일어났다. 조그맣고 귀여운 아이가 더없이 정중한 태도로 머리를 까닥까닥하면서 나타났던 것이다.

나는 왠지 생각만큼 집중이 되지 않았다.

"자, 빨리!"

마술 가게의 주인이 말했다. 곧이어 "자, 빨리!" 하고 말하는 맑고 조그만 아이의 목소리가 들려왔다. 하지만 다른 것들도 내 주의를 흩어 놓기는 마찬가지였다. 나는 이곳이 끔찍하도록 이상한 데라고 생각하지 않을 수 없었다. 말하자면 이상함이 범람하는 곳이었다. 움직이지 않고 가만있는 것들조차도, 천정도, 일상적으로 흩어져 있는 의자들도 뭔가 조금씩은 다 이상하게 느껴졌다. 코니스◆의 모양도 뱀 형상의 가면을 하고 있었는데, 가면은 하나같이 회반죽 밖으로 돌출되어 있었다. 그런가 하면 두 사람이 똑바로 걸어가지 않고 이상하게 몸을 비스듬히 기울인 채 돌아다니는 것 같다는 생각이 들었는데, 그러다가 문득 등 뒤에서 소리 없이 카드놀이를 하고 있는 것이 느껴졌다.

이상하게 생긴 점원들 중의 하나가 갑자기 내 주의를 끌었다. 그의 행동이 뭔가 이상했는데, 그는 내가 있다는 걸 전혀 눈치 채지 못했다. 그는 장난감 더미 너머 아치의 기둥에 등을 댄 채로 느릿느릿 뭔가를 하고 있었다. 3분의 2쯤 드러나 보이는 그의 모습은 최악이었다. 그가 하는 행동 중에 특히나 이상한 것은 코를 가지고 하는 것이었다. 그는 마치 할 일이 없어서 자기 자신을 놀라게 하려고 그런 짓을 하는 것처럼 보였다. 그는 유난히 짧고 방울진 자신의 코를 망원경처럼 쑥 잡아 뽑더니 쭉쭉 늘여 댔다. 길고 붉은, 유연한 채찍처럼 될 때까지 그의 코는 자꾸만 가늘어졌다. 끔찍한 악몽이 이보다 더 할까! 마침내 그는 그것을 획획 휘두르더니 마치 제물낚시꾼◆◆이 낚싯줄을 던지듯 앞쪽으로 날렸다.

그때 퍼뜩 떠오른 생각은 깁이 그를 봐서는 안 된다는 것이었

◆ 고전 건축에서 기둥머리가 받치고 있는 세 부분 중 맨 위.
◆◆ 깃털을 이용해 모기 모양으로 만든 바늘을 사용해 낚시하는 사람.

다. 나는 주위를 둘러보았다. 깁은 가게 주인에게 푹 빠져 있었다. 그렇다면 못 볼 걸 본 건 아니란 생각이 들었다. 둘은 나를 바라보며 작은 소리로 얘기를 나누었다. 깁은 조그만 걸상 위에 서 있었고, 사내는 커다란 북 같은 걸 손에 들고 있었다.

"숨바꼭질해요, 아빠!"

깁이 소리를 질렀다.

"아빠가 술래예요."

내가 미처 대답을 하기도 전에, 가게 주인이 커다란 북을 두드렸다. 나는 눈앞에 펼쳐진 광경에 정신이 번쩍 들었다.

"그걸 당장 내려놔요!"

내가 소리를 질렀다.

"지금 당장! 아이가 놀라잖소. 당장 내려놓으란 말이야!"

양쪽 귀의 크기가 서로 다른 마술 가게의 사내는 한마디도 하지 않은 채로 커다란 원통을 내 쪽으로 돌리더니 안이 비어 있는 걸 확인시켜 주었다. 그런데 그 순간 작은 걸상 위에 아무것도 보이지가 않았다. 눈 깜짝할 사이에 내 아이가 사라져 버리다니······.

당신은, 어쩌면, 이 기분을 이해할 것이다. 불길한 일이 일어났을 때, 눈앞에 아무것도 보이지 않고 심장도 멈추어 버린 것 같은 느낌. 평상시의 자신이 아닌 것 같은, 긴장감도 평온함도 모두 달아나 버린 것 같은 느낌. 느긋함도 없고 조급함도 없는,

화가 나지도 않고 두렵지도 않은 그런. 무엇을 어떻게 해야 할지 아무 생각이 나지 않는, 나는 바로 그런 상태에 놓여 있었다.

정신을 차린 나는 히죽이 웃고 있는 사내에게로 다가가 빈 의자를 옆으로 걷어찼다.

"이 바보 같은 짓 그만 해!"

내가 말했다.

"내 아이는 어디 갔어?"

"선생의 눈으로 보았지 않소."

여전히 큰북의 내부를 보여 주면서 그가 말했다.

"속임수는 없어요."

나는 그를 잡기 위해 손을 뻗었지만 그는 솜씨 좋게 몸을 틀어 피해 버렸다. 나는 다시 그를 향해 손을 뻗었고, 그는 내게서 돌아서더니 재빨리 전시실의 문을 열고 달아났다.

"거기 서!"

내가 소리를 질렀지만 그는 슬금슬금 물러나며 웃음을 터뜨릴 뿐이었다. 나는 그를 뒤쫓아 칠흑 같은 어둠 속으로 뛰어들었다.

쿵!

"이런, 깜짝이야! 당신이 오는 걸 보지 못했어요!"

나와 몸을 부딪친 점잖은 인상의 작업 인부가 내게 사과했다. 어느새 나는 리젠트 거리로 나와 있었다. 가게와는 어느 정도 떨어진 곳이었다. 멀리 당황한 듯 서 있는 어린아이의 뒷모습이 보였다. 깁이었다. 이내 미안한 마음이 들었다. 그때 깁이 돌아서더니 내게로 달려왔다. 깁의 얼굴에는 환한 미소가 어려 있었다. 마치 잠깐 동안 나를 잃어버렸다가 되찾은 것처럼.

깁의 손에는 네 개의 꾸러미가 들려 있었다!

아이는 안전하다는 걸 확인이라도 하듯 즉시 내 손가락을 부여잡았다.

하지만 나는 또다시 혼란에 빠질 수밖에 없었다. 마술 가게의 출입문을 찾기 위해 주위를 둘러보았을 때, 세상에, 가게가 보이지 않았다! 출입문도, 가게도, 아무것도 없었다. 그림을 파는 가게와 창문에 병아리가 바글거리는 가게 사이에는 그저 평범한 벽기둥만이 서 있을 뿐이었다.

내가 할 수 있는 일이라곤 오직 마음의 동요를 일으키는 것밖엔 없었다. 나는 차도 쪽으로 곧장 걸어가 마차를 세우기 위해 우산을 들어 올렸다.

"멋져요."

깁이 기쁨에 겨워 말했다.

나는 깁을 마차에 태우고 마부에게 주소를 말한 뒤에 마차에 올라탔다. 연미복 주머니에 뭔가 들어 있다는 느낌이 들어 뒤져 보니 유리공 하나가 들어 있었다. 나는 신경질적으로 그 공을 길바닥으로 던져 버렸다.

집은 아무 말도 하지 않았다.

우리 둘 사이엔 얘기를 나눌 만한 여유가 없었다.

"아빠."

이윽고 집이 입을 열었다.

"참 좋은 가게였어요."

우리에게 일어난 일들을 집이 어떻게 받아들일는지에 대해 생각하자 기분이 좀 누그러졌다. 아이는 아무런 상처도 입지 않은 것 같았다. 어느 정도는 좋아진 것 같기도 했다. 아이는 겁을 먹지도 혼란스러워하지도 않았다. 그러기는커녕 오히려 오후 내내 자신이 즐긴 오락에 만족스러워했다. 무엇보다 아이의 손에는 네 개의 꾸러미가 들려 있었다.

젠장! 대체 저 꾸러미엔 뭐가 들어 있는 걸까?

"하지만 말이다!"

내가 말했다.

"어린아이들은 매일 그런 곳에 갈 수 없단다."

아이는 내 말을 늘 하는 훈계로 받아들이는 듯했다. 그 순간 나는 내가 녀석의 아버지이지 엄마가 아니라는 사실이 안타까웠다. 갑자기 거기서, 사람들이 보는 앞에서, 마차 안에서, 녀석에게 입을 맞출 수는 없는 일이었다. 결국 나는 사태가 그리 안 좋은 것만은 아니라고 생각했다.

하지만 그것은 아이가 가지고 있던 꾸러미가 열리기 직전까지의 생각일 뿐이었다. 네 개의 꾸러미 중 세 개는 병정이 들어 있는 상자였다. 납으로 만들어진 보통의 장난감 병정들이었다. 하지만 나머지 한 개의 꾸러미는 깁으로 하여금 다른 세 꾸러미에서 나온 것들을 모두 잊어버리게 만든, 진짜 마술이었다. 그 네 번째 꾸러미에서 나온 것은 지극히 건강하고 식욕과 성질도 완벽한, 살아 있는 한 마리의 흰 새끼고양이였다.

꾸러미가 풀리는 동안 잠시나마 안도감에 싸여 있던 나는 무거워진 마음을 끌어안은 채 한동안 아이의 방을 빠져나오지 못했다.

이 이야기는 지금으로부터 6개월 전에 일어난 일이다. 지금 나는 모든 게 잘된 거라고 믿기 시작했다. 고양이는 모든 고양이들이 그렇듯 자연이 선물한 마술을 간직하고 있으며, 병정들은 꼬마 지휘관이 지시하는 대로 부대를 잘 지키고 있는 것 같다. 그렇다면 깁은……?

현명한 부모라면 내가 신경을 써서 깁을 대할 수밖에 없다는 사실을 이해할 것이다.

하지만 어느 날 나는 이 문제를 거론해야겠다고 결심했다.

"네 장난감 병정들이 살아 있으면 좋겠니, 깁? 그래서 스스로 행진도 하고 그랬으면 좋겠어?"

"제 병정들은 그렇게 하고 있어요."

깁이 말했다.

"눈꺼풀을 열기 전에 제가 알고 있는 한 단어를 들려주기만 하면요."

"그러면 혼자 힘으로 행진을 한단 말이니?"

"물론이죠, 아빠. 그러지 않았으면 좋아하지 않았을 거예요."

녀석의 말에 나는 일부러 놀라는 척하지는 않았다. 그 이후로 나는 한두 번, 예고도 없이, 병정들이 돌아다니고 있는 동안 녀석의 놀이방으로 불쑥 들어가곤 했다. 하지만 나는 그들이 마법의 병정들처럼 행동하고 있다는 어떤 징후도 발견하지 못했는데……

설명을 하기가 참 어렵다.

돈 문제 또한 풀어야 할 숙제로 남아 있다. 왠지 돈을 지불해야만 할 것 같기 때문이다. 그 일로 나는 여러 번 리젠트 가를 오르내렸다. 가게를 찾기 위해서였다. 그들이 깁의 이름과 주소를 알고 있기 때문에 시간이 나면 언제든 내게 청구서를 보내 주었으면 좋겠다. 그러면 나는 신의를 지킬 수 있을 것이다.

허버트 조지 웰스
Herbert George Wells

허버트 조지 웰스는 1866년 9월 21일 영국 켄트 주의 브럼리에서 태어났다. 그의 부친은 잡화점을 운영했고, 그의 어머니는 결혼 전에 하녀로 일했다. 웰스 가정의 생활수준은 가난을 겨우 면할 정도였다. 1880년 경제적 어려움이 닥치자 어머니는 다시 옛 주인들 집에서 하녀 생활을 해야 했으며, 소년 웰스는 학업을 중단하고 천 가게에서 일했다. 여러 직업을 전전한 후, 1884년 장학금을 받아 런던대학 이과 사범학교에 다닐 수 있었다.

웰스는 대학을 삼 년 다니며 천문학, 생물학, 물리학, 화학, 지질학을 공부했다. 그를 가르친 교수들 가운데 토머스 헨리 헉슬리가 있다. 다윈 진화 이론의 전파자이며 훌륭한 과학자였던 헉슬리는 그에게 큰 영향을 미쳤다.

학업을 마친 후 청년 웰스는 갈레스 지방 홀트에 교사직을 얻었지만, 축구 시합 도중 사고를 당해 교사 일을 할 수 없게 되고 다시 런던으로 돌아갔다. 런던에서 헨리 하우스 스쿨의 교사 단체에 가입하여 활동했다. 1890년 런던대학에서 동물학 학위를 받았고, 1891년에서 1893년까지 통신대학에서 동물학을 가르쳤다. 그러나 건강이 계속 문제를 일으켰다. 1893년 여름, 그는 심각한 폐출혈로 인해 오랫동안 요양을 해야 했다.

간혹 여러 잡지에 기고를 하긴 했지만, 본격적으로 작가 활동을 시작한 것은 바로 이때부터이다. 여러 단편과 에세이를 《폴몰 가제트》, 《세인트 제임스 가제트》, 《블랙 앤드 화이트》, 《뉴리뷰》, 《선데이 리뷰》 등 당시 영국의 유력 정기 간행물에 발표했다.

그의 첫 책은 1893년 발간된 생물학 안내서이다. 그러나 이 년 후, 그의 첫 문학 작품인 단편소설집 《훔쳐 간 바실루스》와 《기이한 방문》이 나왔다. 이 작품들은 즉각 성공을 거두었고, 뛰어난 환상문학 작가로서 손색없는 명성을 그에게 안겨 주었다.

1895년, 그의 옛 제자 에이미 캐서린 로빈스와 결혼했고, 1901년에 아들 조지 필립을, 1903년에 프랭크를 얻었다.

진보 사상과 인류의 위대한 운명에 대한 믿음이 메아리치던 19세기 말(1896~1901)에 웰스는 오늘날 우리가 환상과학소설이라고 부르며, 새로운 문학 장르의 대표작이 된 위대한 '과학 소설들'을 썼다.

성공한 웰스는 1900년 포크스턴 근처 샌드게이트에 집을 짓고, 그곳에서 십 년간 머무르며 쉬지 않고 글을 썼다. 그의 이름이 세계에 알려졌고, 그의 책이 무수히 번역되었다. 에세이집 《기계와 과학의 발달이 인간의 삶과 사고에 미치는 영향에 대한 고찰》과 소설 《신의 식량》, 《혜성의 나날들》, 《하늘에서 벌어진 전쟁》에서 미래 세계를 이야기했다. 《현대의 유토피아》와 《신과 같은 인간들》에서 테크놀로지 유토피아를 그렸다. 《연애와 루이셤 씨》, 《킵스, 단순한 영혼의 이야기》, 《토노 번게이》, 《앤 베로니카》, 《새로운 마키아벨리》에서는 사회 정치 테마를 다루었다.

웰스는 건강 악화로 유럽 대륙에 장기간 머무르며 요양 치료를 해야 했다. 그때 미국도 방문했다. 1903년, 그는 모든 폭력적인 혁명을 거부하고 대중 교육을 통해 사회주의의 도래를 바라는 페이비언 협회에 가입했으나 곧 탈퇴했다. 웰스는 1914년에 발간된 그의 에세이집 제목에서 말하듯 제1차 세계대전을 '모든 전쟁을 종식시킬 전쟁'이라며 환영했다. 그 생각은 당시에 상당히 널리 퍼진 망상이었고, 많은 사건들이 그 생각이 잘못되었음을 잔인하게 보여 주었다. 1920년, 웰스는 신생 러시아 소비에트 공화국에 호감을 갖고 방문했다. 그곳에서 훌륭한 작가일 뿐만 아니라, 진보의 길을 함께 가는 '동지'로서도 환영을 받았다.

그 후 소설 창작을 완전히 손에서 놓은 건 아니지만, 점점 더 사회정치적 에세이 집필에 몰두했다. 웰스는 인류가 갈림길에 놓였다는 생각에 집착했다. 거대한 물질의 힘과 화합하느냐, 아니면 소멸하느냐 하는 갈림길에 놓였다는 것이다. 그는 야만과 문명 파괴로 되돌아가지 않을 유일한 대안으로서 세계 제국을 만들 것을 주장했다. 그는 제2차 세계대전에서 자신이 제일 두려워한 것들을 확인했다. 즉 인간이, 과학이 가져온 힘을 통제하지 못하고 무자비하게 죄악의 길로 행진해 가는 것이었다.

이런 극단적인 비관론은 오랫동안 병상에 누워 지내야 했던 생애 마지막 시기에 더욱 심해졌다. 그는 1946년 8월 13일, 여든의 나이로 런던의 자택에서 생을 마감했다.

• 주요작

소설

1895년	《기이한 방문*The Wonderful Visit*》
	《타임머신*The Time Machine*》
1896년	《모로 박사의 섬*The Island of Doctor Moreau*》
	《훔쳐 간 바실루스*The Stolen Bacillus*》
1897년	《투명인간*The Invisible Man*》
1898년	《우주 전쟁*The War of the Worlds*》
1899년	《잠든 자가 깨어날 때*When the Sleeper wakes*》
1900년	《연애와 루이셤 씨*Love and Mr. Lewisham*》

1901년	《달에 간 최초의 사람들*The First Men in the Moon*》
1904년	《신의 식량*The Food of the Gods*》
1905년	《킵스, 단순한 영혼의 이야기*Kipps, The Story of a Simple Soul*》
1906년	《혜성의 나날들*In the Days of the Comet*》
1908년	《하늘에서 벌어진 전쟁*The War in the Air*》
1909년	《앤 베로니카*Ann Veronica*》
	《토노 번게이*Tono-Bungay*》
	《폴리 씨 이야기*The History of Mr. Polly*》
1911년	《눈먼 자의 나라*The Country of the Blind*》
	《새로운 마키아벨리*The New Machiavelli*》
1913년	《열정적인 친구들*The Passionate Friends*》
	《철두철미한 브리틀링 씨*Mr. Britling sees It through*》
1923년	《신과 같은 인간들*Men like Gods*》
1926년	《램폴 섬의 블레트워시 씨*Mr. Blettworthy on the Rampole Island*》

에세이

1901년	《기계와 과학의 발달이 인간의 삶과 사고에 미치는 영향에 대한 고찰*Anticipations of the Relation of Mechanical and Scientific Progress upon Human Life and Thought*》
1905년	《현대의 유토피아*A Modern Utopia*》
1919년	《역사의 개요*The Outline of History*》
1920년	《그림자에 가려진 러시아*Russia in the Shadows*》
1933년	《닥쳐 올 세계*The Shape of the Things to come*》
1945년	《정신의 한계*Mind at the End of its Tether*》

✝ 작가 소개 ✝

옮긴이 하창수

영남대학교 경영학과를 졸업하고, 1987년 《문예중앙》 신인문학상에 중편 〈청산유감〉이 당선되어 문단에 나왔다. 1991년 장편 《돌아서지 않는 사람들》로 한국일보 문학상을 수상했다. 옮긴 책으로는 《동양점성학》, 《킴》, 《열두 살, 192센티》, 《원더》 등이 있다. 영어학습서 《워드 테크》와 《해석과 번역》을 펴냈으며, 선화집 《낮잠 Napping》을 영역했다.

옮긴이 이승수(해제, 작가 소개)

한국외국어대학교 이탈리아어학과를 졸업하고 동 대학원에서 비교문학 박사 학위를 받았다. 옮긴 책으로 《순수한 삶》, 《신부님 우리들의 신부님》, 《그날 밤의 거짓말》, 《그림자 박물관》, 《달나라에 사는 여인》, 《넌 동물이야, 비스코비츠!》 등이 있다.

마술 가게

초판 1쇄 발행 | 2010년 12월 15일

지 은 이   허버트 조지 웰스
옮 긴 이   하창수
디 자 인   최선영 · 장혜림

펴 낸 곳   바다출판사
발 행 인   김인호
주   소   서울시 마포구 서교동 398-1 창평빌딩 3층
전   화   322-3885(편집), 322-3575(마케팅부)
팩   스   322-3858
E-mail   badabooks@gmail.com
홈페이지   www.badabooks.co.kr
출판등록일   1996년 5월 8일
등록번호   제 10-1288호

ISBN 978-89-5561-567-8 04840
      978-89-5561-565-4 04800(세트)